AVENTURAS PROVISÓRIAS

AVENTURAS PROVISÓRIAS

Cristovão Tezza

AVENTURAS PROVISÓRIAS

Edição revista

EDITORA RECORD
RIO DE JANEIRO • SÃO PAULO

2007

Cip-Brasil. Catalogação-na-fonte
Sindicato Nacional dos Editores de Livros, RJ.

T339a   Tezza, Cristovão, 1952-
      Aventuras provisórias / Cristovão Tezza.
  - Rio de Janeiro : Record, 2007.

    ISBN 978-85-01-07790-5

    1. Romance brasileiro. I. Título.

                        CDD 869.93
07-1943   CDU 821.134.3(81)-3

2ª edição (1ª edição Record)

Copyright © Cristovão Tezza, 1989

Projeto gráfico: Regina Ferraz

Todos os direitos reservados. Proibida a reprodução, armazenamento ou transmissão de partes deste livro, através de quaisquer meios, sem prévia autorização por escrito.

Direitos exclusivos desta edição reservados pela
EDITORA RECORD LTDA.
Rua Argentina 171 - Rio de Janeiro, RJ - 20921-380 - Tel.: 2585-2000

Impresso no Brasil

ISBN 978-85-01-07790-5

PEDIDOS PELO REEMBOLSO POSTAL
Caixa Postal 23.052
Rio de Janeiro, RJ - 20922-970

EDITORA AFILIADA

Foi uma surpresa reencontrar Pablo, nos idos de 1973 ou 1974; imaginava-o morto. Na verdade chegou perto disso, mas sobreviveu, vítima do acaso: pensavam que ele tivesse o que dizer. Não tinha. Parece que uma questão de maconha tomou outro rumo; perambulou de cela em cela, porão em porão, levou choques, surras, sofreu jejuns, brasas no peito e alicate nos dentes. Não gosto de falar disso; arrepia-me a alma. Suponha o leitor o máximo de sofrimento, humilhação e tortura; quase o máximo, é sempre possível ir um pouco adiante sem se chegar à morte. Pablo esteve por aí, nessas duas margens, mantendo um silêncio espantado entre urros, e sonhando com uma casa à beira de um riacho, uma tal de Carmem, e filhos, principalmente filhos.

É possível que com o tempo, a escuridão e as transferências de um lugar a outro — que destino dar àquele traste? — ele já tivesse se tornado um mascote, o bobo dos porões a sorrir sem dentes, sonhando com Carmem, com o rio, com os filhos imaginários, mas não consigo vê-lo assim, sem espinha. Uma bela manhã — e deve ter sido mesmo uma manhã belíssima — eis que Pablo está de volta ao mundo real, trôpego e vazio como um espantalho.

— Não conseguiram acabar comigo.

Uma afirmação arriscada, mas necessária. Refez um mapa na cabeça, cobriu os rombos da memória, e renasceu. Ficaram marcas, é claro; custei a reconhecê-lo, ainda que já estivesse fisicamente aceitável. Em seguida, na primeira dúzia de chopes que secamos na Rua das Flores, estávamos (mais eu do que ele) tão ansiosos por contar novidades que ninguém ouvia ninguém, no desespero de resumir o passado de um golpe e mergulhar no espanto do momento presente. Era um acabar de falar e o outro já detonava outra história, numa euforia, mais do que de reencontro, de se situar na vida.

Reconheço que tive mais sorte que Pablo. Dos meus dois projetos básicos — ganhar dinheiro e me livrar da mãe — só o segundo restava incompleto. Afinal, era um tempo tranqüilo para se ganhar dinheiro; bastava estar disposto, como eu estava. Abandonei a meio o curso de Direito e me meti com ações, com compra e venda, com picaretagem de automóveis, com pequenos golpes honestos que me forneceram uma razoável segurança. Coisa pouca, mas o suficiente. Eu soube aproveitar meus dotes: sei falar bem, sou bonito (não muito alto), tenho postura, educação, inspiro confiança, sempre fui tecnicamente bem informado. De maneira que, quando Pablo me segurou pelo braço e repetiu duas vezes o meu nome com um sorriso tenso, eu já tinha história: teto onde morar, terrenos, um carro por mês, uma mulher e uma separação, nenhum filho, alguns fracassos, e uma mãe ainda sem lugar no mundo, apesar dos meus esforços.

E de repente descubro que ainda tenho Pablo, o velho Pablo da minha infância do litoral. Pode-se pensar (como eu pensei então) que as circunstâncias estabelecem as diferenças, que tantos anos debaixo do verniz social empinariam meu nariz diante daquela figura rota, fantasma esquecido; que eu já era outra pessoa, com outros valores que não os da vida infantil, quando tudo que queremos é uma vassoura, uma espada de pau e um herói. É verdade que, ao primeiro aperto de mão, senti desconforto. Além do mais, tinha o que fazer: vender meu Corcel a uma viúva rica. Os dedos de Pablo apertando meu braço eram um estorvo súbito, desagradável, perturbador — não gosto que me agarrem. Mas — é preciso que o leitor acredite — mas eu tenho uma obsessão sentimental. Um segundo depois, abracei Pablo com força, já sem medo de desalinhar meu terno. Obsessão sentimental é uma expressão inexata: o que eu sempre quis foi dar um sentido superior à minha vida; sempre desconfiei de que sou capaz de muito mais coisas do que simplesmente acumular, embora até então eu só acumulasse. De qualquer modo, seria um erro supor que desisti da viúva e abracei Pablo por piedade.

Pablo é uma dessas figuras monolíticas da vida da gente. Pouco tempo antes, ao me meter em teatro (convencido de que financiar uma peça me daria lucro), descobri o sentido da palavra *arquétipo*. Pois Pablo é um arquétipo, uma velha estátua que está um pouco na cabeça de todo mundo. E mais impressionante me parecia (e parece), quanto menos brilhava (e brilha) na fosca lentidão do seu desespero. Esta história é uma tragédia.

Entretanto, sua espécie estranha de grandeza não decorreu da prisão; aliás, nem prestei muita atenção àquela tortura de porões, inquieto pela força incômoda da realidade. Eu olhava para os lados, preferia que ele baixasse a voz, mudasse de assunto; desconfiei de exageros — que tinha o Pablo, que mal sabia assinar o nome e nunca se incomodou sequer com o vereador do bairro, que tinha ele a ver com política? Nem Pablo sabia; de um festival de música ou teatro passou às trevas sem aviso prévio. Sugeri vagamente que entrasse na Justiça por perdas e danos, as coisas estavam para mudar —

mas ele se encolheu aterrorizado me mostrando uma cicatriz, apenas uma dentre tantas — e em seguida, como um troféu, ostentou um leque de documentos. Sentia-se vingado. Achei ótimo. Pelo menos melhor do que me pedir ajuda. Em solidão (principalmente depois de alguns copos) sempre pensei que tudo que um cidadão decente tinha a fazer era sair aí fuzilando milicos. Mas, como tenho horror à violência, considerava mais razoável levar minha vida, fazer o que estava ao meu alcance, cuidar da minha mãe, sobreviver. Eu e milhões de pessoas, porra. Não gosto que me digam o que tenho que fazer.

Pois bem: Pablo vem de antes, da infância e juventude, dos primeiros porres, das primeiras mulheres, das confidências que de repente nos tornam inteiriços, grandiosos, segredantes e angélicos. Desde aquele tempo sentia uma aura mística naquela cabeça obstinada, teimosa, às vezes burra. Eu o respeitava, reconhecendo nele qualidades que nunca tive. Sempre fui capaz de ganhar dinheiro, de ter objetivos práticos na vida. Ele não: ele nasceu errado. No entanto, conservava (e, pensando bem, ainda conserva) uma puta dignidade, uma grandeza imanente e trêmula, que só os olhos da infância conseguem ver. Enquanto passei a vida juntando mesquinhamente os cacos do chão, Pablo manteve-se uma ave enorme e desengonçada buscando um pouso.

Assim, bebemos. Ele, querendo entender o que acontecera, como se a todo instante acabasse de nascer e a memória da escuridão o traísse; quanto a mim, buscava, leviano e ansioso, aceitação pela minha vida, admiração pelas minhas conquistas, pasmo pela minha ousadia. Este diálogo de surdos durou uma pilha de bolachas de chope e vários sanduíches, até que começamos realmente a prestar atenção um no outro, no paraíso afetivo da bebedeira.

— Porra, Pablo. Que bom te ver de novo.

— Espero que você tenha dinheiro pra pagar essa farra, porque estou duro.

Era o de sempre — e eu dei uma gargalhada, também como sempre. No silêncio que se seguiu — a lacuna dos bêbados — começamos a pensar no futuro. O futuro, para mim, seria o dia seguinte, quando teria que ajudar minha mãe em mais uma mudança, desta vez de um apartamento da Carlos de Carvalho para um sobrado do Juvevê, ou vice-versa, e as mudanças da minha mãe tinham a marca das grandes penitências. Enfrentá-las de ressaca (e eu sempre acabava bebendo na noite anterior, de propósito ou por acaso) era a cruz de ferro a carregar.

Pablo contraiu o rosto — a senha que o transporta à salvação final — e revelou, com orgulho mas sem pressa — o seu grande trunfo:

— Estou indo para Santa Catarina. Vou participar de uma comunidade. Depois levo a Carmem.

Na situação, senti o impacto: caralho, Pablo era milhares de vezes melhor do que eu. Pedi mais chope, brindamos à comunidade, acendemos cigarros. Era essa soberana capacidade de pensar em coisas realmente importantes, fundamentais para quem queria se livrar do inferno, que eu invejava em Pablo. Desfiei meu rosário de culpas e palavrões, bati no peito minha inocência, minhas boas intenções, minha escravidão:

— Porra. É isso aí. Tô eu aqui enchendo o rabo de dinheiro, me fodendo a troco de bosta... e... porra. Uma *comunidade*. Tão simples, puta que pariu. Você é um santo. — Lembrando-me de Mara e Dóris, que me inocularam culpa para o resto da vida, inclinei-me sobre a mesa, sacudi o dedo, tentando acreditar no que eu mesmo dizia: — Vai nessa, Pablo.

Eu vou também. Vou largar tudo, vou fazer meu mundo no mato, vou cagar e andar pra civilização, pra essa merda toda que me escraviza e...

Estupidamente, senti vontade de chorar: coisa de bêbado. É claro que eu nunca iria para comunidade nenhuma, e Pablo sabia disso:

— Você já tem muita coisa, cara. Eu sim, não tenho nada. Posso começar. Pelo menos isso.

Balancei a cabeça, réu convicto. Pablo me comove.

Tanto é verdade que sou um sujeito preocupado com a metafísica, que minha primeira mulher era vegetariana. Agora, que refaço minha vida (e a de Pablo), que tenho a paz de Glorinha e a perspectiva de um filho (meu, com certeza), passo noites me interrogando sobre o que aconteceu. Eu realmente *amava* Dóris, a voz, o sorriso, a palidez, uma certa firmeza (e frieza) de carnes e um jeito de santa, de marciana, de ente celeste. Servia-me como uma luva. Mais tarde, nos meus delírios racionalistas, quando cheguei a ler uma porrada de livros como se a sabedoria tivesse algum parentesco comigo, Mara me convenceu — sempre absoluta — de que Dóris tinha sido apenas um modo cômodo de me livrar da mãe. Era um esquema simples, didático; Mara fazia inclusive um gráfico, mais ou menos assim: o desejo de fugir da velha (seta para esquerda) era tão profundo (seta para baixo) que fabricou (linha quebrada) um falso amor (bolinha) por Dóris (triângulo) e etc.

O leitor, que certamente tem mãe, pensará que sou um monstro, porque as mães são as pessoas mais extraordinárias, carinhosas, prestativas, afetivas, gentis e patéticas que existem no mundo. É possível, mas não vem ao caso. Mesmo porque, sob este aspecto, meu amor por Dóris resultou inútil, conforme veremos. Desconfio que Mara tinha problemas gravíssimos com a mãe dela, de quem aliás nunca falou. Que imbecil é dar uma única explicação para as coisas!

Dóris me parecia uma pessoa desligada das misérias deste mundo, e isto sempre me toca. Usava roupas esdrúxulas, saias largas e compridas e coloridas, e tranças com badulaques, e nenhum batom nos lábios, e sorria! Era *natural*, no sentido amplo da palavra. Eu a conheci num banco, onde tinha ido carimbar tantas vias e pagar tantos carnês, até que prosaicamente minha maleta foi ao chão com toda a minha biografia computadorizada em talões, e, saídas de algum filme do Mel Brooks, as mãos cheias de bijuterias de Dóris me ajudaram a amontoar os destroços no meio de pernas e mais pernas — e, claro, nos olhamos e sorrimos, ela aborígine da Austrália, eu executivo de Wall Street.

Como todas as minhas (poucas) paixões, esta foi fulminante. Ela estava sempre preocupada com as questões transcendentais da vida, ansiando por uma perfeição tão minuciosa que ia desde a escolha da roupa até a procedência do tomate — sem falar nos exercícios de respiração com os olhos fechados (primeiro o esquerdo, depois o direito, depois ambos). Ora, era exatamente de alguém assim que eu estava necessitando, desde que tivesse bons seios (adoro seios, mesmo conhecendo os gráficos de Mara).

Sentia-me bem com ela. Não o prazer do namoro, que só Glorinha me deu, mas uma misteriosa comoção de amor: uma convivência pura, limpa, infantil, artificial. Estar com Dóris era navegar, esquecer a tensão e a insegurança de Curitiba, era não me desesperar atrás das pernas que passavam, não me agoniar com a próxima farra do próximo (e triste) final de semana. Há mulheres que resolvem; Dóris resolveu.

E eu sentia prazer em ouvi-la. Mais ou menos como um penitente, um pecador inveterado, um homem corrompido pelo dinheiro luta pela absolvição dos anjos. Aquele modo gentil com que ela condenava minha vida, com que ela descrevia minha penúria existencial, os anátemas contra meus *cheese-saladas*, minhas carteiras de Hollywood, contra o apuro da minha gravata — esses sermões me encantavam.

— Você tem razão, Dóris. Estou acabado.

— Mas não se esqueça que você tem uma grande qualidade: você é puro, sabia?

Eu sempre soube que sou puro, mas Dóris foi a primeira a reconhecer. Não abro mão da pureza; fora isto, sou um miserável classe-média, a quem felizmente sobraram facilidades. Filho único de mãe viúva, cama e mesa garantidas, o mundo é uma festa. Ora, tudo o que um bom classe-média quer na vida é assemelhar-se aos ricos. Para mim sempre foi fácil: cuidar da aparência, manter uma certa pose, ter um carro, notas na carteira, uma vaga estroinice (a avareza é pecado mortal), humor, simpatia, espírito, e pronto — lá estamos nós saídos de um comercial de TV, rodeados de louras, um sorriso Colgate. Resolvida a estampa, a pureza é automática. Ironias à parte, reconheço uma fresta de verdade nisso: ninguém me tira da cabeça que é o dinheiro que move essa merda toda. Deve ser terrível não convidar uma mulher para alguma coisa porque estamos duros, alisar coxas nos bancos de praça porque o Motel é inatingível, deixar de lado a filosofia porque falta pão. Livre destes inconvenientes, minha pureza aflorava. Ainda aflora; insisto em concordar com Dóris, sou um puro. Ou um príncipe, como diz Glorinha, de certo modo mais realista.

O diabo é o sentimento de culpa. Foi exatamente neste ponto que Dóris me devorou: a faca e o queijo. Porque um homem (quem discorda?) não pode rodopiar eternamente no vazio. A continuar daquele jeito — e eu continuei igualzinho

— eu seria o quê? Já tinha deixado a Faculdade pelo meio. Para mim havia algo estúpido naquelas aulas de Direito, algo irreal, aterrorizante, um matraquear doentio, um teatro de múmias — o sujeito em pé lá na frente, nós sentadinhos anotando. Que luta com minha mãe abandonar o curso, convencê-la de que eu não precisava daquela bosta! Mas consegui: Dona Ernestina teve que se conformar com o fato de que o seu futuro embaixador se transformava num eficiente picareta de automóveis. E nem foi uma decisão consciente, "libertadora", como Dóris pretendia, mas física, orgânica: as aulas me baixavam a pressão, me davam ânsias, tonturas, arrepios.

Mas não é disso que me sinto culpado. Eu me sinto culpado por não ser nada; por não ter descoberto em mim nenhuma aura de sabedoria existencial, por ser incapaz de ver sem corroer, por viver entorpecido numa mecânica medíocre; minha culpa é não conseguir mergulhar, *realmente*, na vida — como Pablo mergulhou, por exemplo, esse miserável e insignificante Pablo, que saído das trevas resolve, por exemplo, fundar uma comunidade, esse idiota tenso capaz de criar grandeza, uma porra de grandeza que eu nem sei o que é — mas a gente olha para ele e pára, porque há algum Deus ali dentro.

Pois bem, Dóris tocou nesse ponto. De repente, passei a conviver com sábios orientais, descobri a importância de um pé de couve, da meditação vespertina, percebi as inacreditáveis potencialidades da mente, vislumbrei a possibilidade da libertação interior, que nos salva e nos empalidece. Eram as veredas da verdade que Dóris me oferecia! E — o melhor de tudo — o sexo fazia parte do paraíso. De modo que eu compensava a mesquinhez do meu dia-a-dia convivendo com uma santa; estudante relapso, o palavrório entrava por uma orelha e saía pela outra, mas eu aproveitava bem as aulas práticas. Justificava-me com a idéia de que alguma coisa boa restaria daquela escola. Além disso, Dóris não era autoritária; tudo que ela queria era doutrinar, e quem merece doutrina é o pecador. Tanto melhor para nós dois. Assim — e isso hoje me soa tão ridículo! —, enquanto eu mastigava um sanduíche de hambúrguer feito um troglodita, ela satisfazia-se com um prato de alface sem tempero; enquanto eu andava na Marechal Deodoro, robotizado com a maleta, porradas de coisas a fazer, ela erguia os braços, cigana doida, sentindo os eflúvios do divino natural; enquanto eu fumava um cigarro atrás do outro, ela queimava incenso para purificar o carro; enquanto eu sentia suas coxas, ela passava os dedos no meu rosto, paleontóloga investigando ossos de Cro-Magnon. Em tudo isso, alguma coisa me dizia que minha fanfarronada de miniexecutivo era um descalabro na vida — doce sentimento de culpa! Como eu gostaria de poder repetir, com a verdade daqueles tempos: Dóris, eu te amo! me salve!

Os primeiros meses foram ótimos. Entre outras vantagens, esqueci momentaneamente da minha mãe, aliás furiosa com o meu desprezo. Nessa época ela estava morando numa casa do Jardim Social e preparava nova mudança, desta vez para um apartamento da Sete de Setembro. Segundo ela — toda mudança tinha uma explicação — o apartamento era muito mais seguro: pouco tempo antes haviam assaltado uma mansão próxima e estrangulado três pessoas entre adultos e crianças, em troca de duas televisões, uma aparelhagem de som, um carro e outras quinquilharias. Minha mãe estava em pânico, mas eu simplesmente não achava tempo — encantado com a ginástica ioga pré-sexual ministrada por Dóris — para ajudá-la a encaixotar as louças. Não sei se o leitor já encaixotou as louças, e as coleções de revistas, e as toalhinhas de renda, e os biscuits de porcelana de sua mãe, mas pode acreditar que é uma tarefa diabólica, particularmente quando se repete duas ou três vezes por ano.

Embora minha mãe já tenha tido muito mais dinheiro, ela é ainda rica o suficiente para pagar uma equipe de trabalhadores que se encarregasse de promover as mudanças, incluindo no preço o direito de supervisioná-los. Mas não; ela prefere fazer tudo sozinha, e se eu não ajudo ela ameaça ter uma síncope entre uma geladeira arrastada e um caixote escada abaixo. Tudo em meio a resmungos, e, enquanto trabalho, sou obrigado a ingerir incontáveis copos de leite, porque desde criança sempre tive uma saúde muito fraca, aos dois anos peguei pneumonia e quase morri, aos sete só por milagre escapei de um reumatismo infeccioso, sem falar numa tossezinha seca que... — e dá-lhe copos de leite.

Enquanto a mudança não saía — ó vingança! — eu levitava com Dóris.

Dois meses depois de ressuscitado, Pablo me telefonou.

— Pablo velho de guerra!

— Preciso falar com você.

A voz de Pablo era o apocalipse. Ele parece estar sempre à beira de um penhasco, num extraordinário esforço de equilíbrio contra todos os ventos, a terra escorregando. Minha mãe, fazendo tricô frente à televisão, pressentiu de imediato minha angústia.

— O que foi?

— Nada.

Era a quinta vez que eu voltava a morar com mamãe, vítima do blefe permanente de que se eu não o fizesse ela amanheceria morta, uma encruzilhada tão apavorante quanto eficaz. Poupa-me apenas nos meus períodos de casado — mas sempre alerta.

Encontrei Pablo num bar cheio de putas da Cruz Machado, e abraçamo-nos longamente. De novo ele estava magro, desta vez magreza de quem come pouco, não de quem morre. Mas inteiro, um toco retesado de nervos, no olhar aquela urgência aflita de precipício. Antes mesmo que sentássemos:

— Preciso de grana.

Pedi uma cerveja ganhando tempo e lutando contra a avareza que brotou instantânea e me afundou num lodo viscoso — porra, que direito tenho eu de ser mesquinho?

— Tudo bem, Pablo. No que eu puder... Mas antes fale de você, da comunidade...

Ele deu um gole de cerveja, soberano ao ciclone que insistia em jogá-lo ao chão. E contou.

Mochila às costas, Pablo subia o morro. Havia pedras, mato, silêncio — e, se olhasse para trás, divisaria ao longe uma faixa de mar se confundindo com o céu. Respiração ofegante, recusava-se a se considerar impróprio para a vida, ainda que depois do inferno sua simples existência — apenas a possibilidade de andar — já lhe parecesse uma espécie de sarcasmo. De tempos em tempos olhava as mãos, cheias de nós, cicatrizes, cinzas: um recomeço, um ponto de partida, aprender tudo de novo e se pacificar.

— Não sei fazer nada.

Sacudiu a cabeça, teimoso, espantando a derrota. Bastava dar espaço à contemplação e o Desastre surgia, num prazer subterrâneo, numa ânsia de matá-lo. Mas haveria sempre, em algum lugar, os irmãos, os semelhantes, o exército dos inúteis atormentados, os que têm a vida à flor da pele e não podem escondê-la. Seria um deles, em paz. Começou a ouvir um som de flauta, e se tranqüilizou. Então a comunidade existia mesmo? O convite de Toninho, ao final de uma bebedeira em Curitiba, era verdadeiro? Porque até o último instante o velho Pablo, como todas as outras vezes, desconfiava que tinha comprado um ingresso vencido. Enquanto subia — e eu dei risada neste ponto do relato — começava a crescer nele a idéia, já uma certeza torturada, de que as cercas de arame farpado, trinta ou quarenta metros uma da outra, se fechariam lá no alto num triângulo vazio.

Mas agora ouvia, com mais clareza, a flauta de Pã. Seguiu por um caminho entre árvores e alcançou uma esquisita construção de lona, plástico, bambu, compensado e zinco, sem forma definida, cheia de cabos e objetos também sem definição precisa pendurados nas incertas paredes. Sentado num toco, torto e magro com a flauta atravessada nos lábios — à distância uma vareta de prata, uma reta brilhante sem relação com nada em volta — estava Pã. Soprava de olhos fechados, músculos contraídos no ritual. A música era um arrebatamento harmônico de notas, de que todo o corpo tomava parte, num ritmo trêmulo e surpreendente, mil dedos e sopros — e súbita se derramando em pequenos silêncios e graves prolongados e breves linhas melódicas, quase um começo de história, cortado bruscamente por uma sucessão alucinada de agudos, cada um ocupando o justo tempo de algum compasso secretamente organizado.

Pablo largou a mochila, sentou-se no chão, abraçou os joelhos, e paralisou-se na música de Pã, cuja magreza sob os cabelos em corredeira era um outro arbusto no cenário. Sentiu vontade de chorar, mas trancou a garganta e fechou os olhos. Estava pisando a terra, uma boa terra, que também seria sua, e pressentiu ali uma fresta de redenção — e só os homens com grandeza (sou eu quem falo agora, que nunca fui grande) são capazes de vislumbrar redenção.

Finalmente Pã abriu os olhos — ao final de uma nota lenta e baixa que sumiu sem deixar rastro — e percebeu Pablo. Ergueram-se sem palavra, abraçaram-se e ficaram se olhando.

— Você é o Pablo.

— E você o Pã.

— Só.

— Tava curtindo tua música.

— Chegou faz tempo?

— Agorinha.

— Senta aí. O Toninho falou de você.

— O pessoal?

— Na horta. Daqui a pouco chegam.

— Numa boa. Puta terra bonita.

— Demais, cara.

Pã fechou o baseado, passando a língua no papel.

— Vai um tapa?

Puxaram lentos, sorumbáticos, parados — misteriosamente parados. Depois chegaram os outros, sujos, suados: Toninho, Paula, Dunga. Conversaram até o anoitecer, sobre a casa, a horta, a vaca, a rede, conservando a vagareza e a lentidão dos aparentemente calmos, dos mansos da Bíblia.

— É isso aí, Pablo. A terra está paga. O Toninho falou de você, achamos que pode entrar. É meter a cara. Que tal?

Pablo balançava a cabeça, um sentimento único.

— Não pedia outra coisa.

— Devagar você ergue tua casa. Tem chão pra caralho morro acima. Por enquanto fica nessa barraca.

— Valeu.

Garganta apertada, Pablo olhava-os um a um, trapos sobre figuras imóveis: uma comunhão sem preparo. Paula ergueu-se:

— Vou esquentar o rango.

Ligaram o lampião, depois acenderam o fogo sob a chapa de ferro. Na barraca, um cheiro forte de roupa defumada. Pã abraçou Pablo:

— Você não tem uma menina?

— Carmem.

— Se tiver a fim, traz ela aí.

Dunga esculpia um graveto com um canivete, sem falar. Pablo mastigava o arroz pensando em Carmem. De madrugada, encolhido num cobertor, não pôde dormir, esmagado pela imensidão do projeto: desta vez estaria salvo.

Pablo encheu um copo com a sétima garrafa de cerveja, e suspirou:

— Estou perto do paraíso, cara. Falta isto: — e o polegar e o indicador, trêmulos, indicavam uma vereda de alguns milímetros.

Emprestei dez mil cruzeiros ao Pablo, o que naquele tempo não era pouco. Ainda me pergunto se dei o dinheiro (não tinha qualquer esperança de recebê-lo de volta, e aceitá-lo hoje com correção seria inominável usura) por legítimo espírito humanitário, um presente de coração, ou apenas por sentimento de culpa. O mínimo choro, um leve bater de pé, e eu me entrego: pago minha absolvição, embora nunca saiba onde está exatamente localizado meu crime. Ou então, mais prosaico, tudo resultou do álcool: na bebedeira somos todos irmãos, porra, toma aqui o cheque, Pablo, e não se fala mais nisso.

Um modo de dizer; na verdade, o empréstimo me azedou, dinheiro jogado fora. Passei dias seguidos envenenado, um vago sentimento de otário — o leitor com certeza já viveu sensação parecida. Naquela conversa fiada de comunidade, de vida nova, de libertação, eu, o bobo da corte, era o capitalista corrupto (porém trouxa) a financiar os projetos existenciais do homem mais derrotado que jamais conheci. Tanta luta para barganhar migalhas na venda de um fusca, e de repente despejava dez paus pelo ralo. Até minha mãe, a maldita da minha mãe, sempre de antenas ligadas, percebeu — e chegou a perguntar se eu estava me encontrando de novo com a tal de Dóris.

— Com essa cara, só pode ser.

Vã esperança: a essa altura, Dóris já estava enterrada para sempre. Imagino que Dóris — e só ela, das minhas três mulheres titulares — iria se dar bem com Pablo: o mesmo delírio, o mesmo vácuo de realidade, e, cada um a seu modo, a mesma obstinação. É bem possível que se interessasse pela vida comunitária de Pablo e quisesse me arrastar para lá, eu pagando as despesas e ela ensinando respiração natural e transcendência ioga, enquanto outros plantassem repolhos. Acrescente-se que Dóris tem uma certa safadeza inata (que eu não tenho; a minha é adquirida), que compensaria a infernal honestidade do meu amigo. Pablo é tosco, inteiriço: lê-se na cara. Dóris escorrega, plena de disfarces. Sentindo a força da minha mãe, por exemplo, tentou logo um jeito de dobrá-la. Levei-a em casa depois de algum tempo, para ajudar na difícil mudança, inseguro quanto aos riscos que assumia — a velha é uma parada dura.

— Como a senhora é jovem! — arreganhou-se Dóris, entre um beijinho e outro.

Que simpatia! Minha mãe limpou o suor do rosto — tinha acabado de levar um bujão de gás da cozinha para o corredor, por alguma razão misteriosa, talvez para testar os limites do coração — e ficou olhando Dóris, aquele rosto lavado, aquelas espinhas avulsas, aquele cabelo sem xampu, aqueles dentes sem pudor. Apressei-me:

— É minha namorada, mãe. Chama-se Dóris. — E brusco (ou nunca mais, naquele tempo eu era um escravo): — Vamos nos casar.

— De papel passado?

É o único problema de mamãe, suponho. Nunca conheci meu pai; consta que morreu dois meses depois do nascimen-

to, e até hoje jaz em sepultura incerta. O fato de meu sobre-
nome ser igual ao da família de mamãe é um desses misté-
rios genealógicos em que nunca se toca, fatos consumados.
É verdade que minha mãe sempre foi namoradeira — o que é
justo, preconceitos à parte, embora ela nunca tenha escolhi-
do bem os seus pares. O pior deles, dos que eu tive notícia,
foi um dono de bar semi-analfabeto que vinha namorar mamãe aos domingos, quando tomavam licor feito em casa. Sumiu sem vestígio, levando as jóias e o amor de mamãe.

— Vamos à polícia? — propus, secretamente deliciado.

Ela encerrou, dramática:

— Quer pôr meu nome na lama? Que ele morra com as
jóias. Aliás, o colar era de fantasia, o idiota.

Apresentada a noiva, passamos a tarde embrulhando louças e cristais em papéis velhos, e colocando-os nos caixotes
de madeira que minha mãe guarda em estoque para as mudanças freqüentes. Como a velha ostensivamente não falava,
apenas respirava fundo, enxugando o suor da testa num sinal agressivo de estafa (segundo a estúpida Mara, era ciúme:
mamãe e eu cultivaríamos um caso de amor), Dóris transbor-
dava cuidados:

— Pode deixar conosco, Dona Ernestina. Não convém a
senhora ficar curvada assim o dia inteiro.

Minha mãe teimando, é claro:

— Não sei ficar parada. Depois, tem que encaixotar direito, senão quebram.

Quando mamãe se afastava, para me trazer o leitinho,
beijávamo-nos na boca, vingativos e apaixonados; chegamos
a quebrar alguns cristais nestas lutas fulminantes (Dóris rea-
gia, de pavor e felicidade), braços e coxas no chão da des-
pensa. Depois, o suave murmúrio:

— Você não presta.

Assim, finalmente a mudança saiu — e pouco tempo após, resolvido o problema da velha, estávamos eu e Dóris vivendo juntos num apartamento mobiliado da Silva Jardim, cujo aluguel me custava os olhos da cara e trabalho redobrado: trocava de carro duas vezes por semana, nem sempre com bom lucro, e os outros negócios rapidamente caíram de nível. O casamento empobrece.

Graças à insistência de mamãe — a quem hoje agradeço esse pequeno detalhe, que faz substancial diferença — não houve "papel passado". Para Dóris, em vias de entrar na recém-fundada e não reconhecida Faculdade de Parapsicologia, isto não tinha qualquer importância, ainda que achasse razoável eu visitar seus pais numa apresentação informal; pediu-me tolerância a eventuais reações. Concordei, faceiro. Quando chegamos naquele Galaxy 67, azul-lustroso, na casa de madeira do Capão Raso onde vivia a família de Dóris, eu me senti um arcanjo dos céus, um benfeitor, um grande sujeito, magnânimo e compreensivo, conforme características do meu signo de Leão. (Dóris também entendia de horóscopo e de leitura de cartas. No baralho eu era o moço loiro ao lado do sete de ouros e de uma viagem inesperada, que nunca houve.) Só agora refaço as contas: adoro mulheres pobres. Sou um São Francisco de Assis; mesmo de terno e gravata, tenho a compulsão da indigência. O quarteirão inteiro se encheu de olhos quando desembarquei minha elegância da lancha azul, abraçado com uma Dóris que era um riso só — como sempre, mas desta vez havia um brilho a mais. A mãe dela, já sabendo do nosso trato, não me recebeu; trancou-se na cozinha, resmungando suficientemente alto para que eu ouvisse:

— Então criei minha filha pra virar puta.

O pai foi mais simpático, talvez por parecer um homem que já tinha desistido de quase tudo há muito tempo. Sentados nas poltronas vermelhas forradas a plástico, bebemos uma dúzia de cervejas, que mandei uma piazada buscar na esquina: primos, vizinhos, afilhados em montoeira na porta. O velho era coxa-branca, eu atleticano, mas mesmo assim conseguimos dar boas risadas, gole a gole. Senti que ele se orgulhava de Dóris, ex-cabeleireira do bairro que, estudando os sábios do oriente, chegava a um casamento milionário, ainda que sem trâmites legais. Dóris era a intelectual da família. O fato de ela se juntar comigo não incomodava o velho — mesmo porque tinha ainda outras seis menos dotadas para desencalhar, quatro delas roendo unhas à nossa volta enquanto as duas restantes trabalhavam na cidade. Na despedida (a mãe batendo portas lá dentro), o sogro nos abraçou, com a emoção facilitada pelo álcool, lágrimas rolando:

— Sejam felizes.

Não sei se o leitor já foi casado, mas deve imaginar a emoção atávica da primeira noite, mesmo imaginária, como no nosso caso. (A propósito: com Dóris não tive primeira noite.) Seria a milésima trepada, mas tentamos preservar algum cerimonial. Depois da visita ao Capão Raso, jantamos com mamãe num restaurante da Comendador Araújo, bebemos vinho (— Você não devia misturar — disse Dóris, pensando nela), comemos lasanha de presunto (uma extravagância que minha mulher concedeu), brindamos e contamos piadas. Mamãe também desejou felicidades, sem beber nem chorar; conservava o seu olhar astuto, talvez segura de que aquilo não passava de uma grande palhaçada que não duraria um mês. (Um erro: durou sete meses e cinco dias, sem retorno.) Gentil, prontificou-se a auxiliar Dóris no que fosse preciso, desde receitas caseiras até limpezas de casa. Chegou a sugerir, com habilidade, a conveniência de ela eventualmente passar alguns meses conosco, já que conhecia tão bem os meus hábitos — mas foi apenas um rasgo indireto, uma pequena isca que passou ao largo sem danos. Ao deixá-la no apartamento onde tanto havíamos entrado e saído com caixas de louças e malas de roupas e toalhas e guardanapos de crochê, mamãe cochichou no meu ouvido:

— Se precisar, filho, estou aqui.

O mau agouro deste casamento começou na primeira noite. Quando entramos no nosso prédio, o porteiro novo — um polaco grosso — barrou-me a porta do elevador:

— O senhor me desculpe, mas é do regulamento. Não pode levar mulher para os apartamentos.

Eu sempre tive a sensação de que esses episódios só acontecem em Curitiba. O brutamontes tinha três palmos a mais do que eu (o que não é difícil, sou baixinho), mas, já razoavelmente bêbado, perdi a cabeça. Agarrei-lhe a camisa e desfiei um rosário de ofensas — Dóris dava gritos, me puxando, enquanto o porteiro encurralado (e assustado, quem sabe eu fosse senador?) chamava o síndico pelo interfone. Desceu meio prédio, e, desfeito o mal-entendido, entramos finalmente no elevador, convenientemente apresentados ao mundo como marido e mulher. Fingi não perceber a sutil ironia dos condôminos durante o entrevero, sentindo perfeitamente que no fundo todos acabaram por dar razão ao porteiro. Fiquei cheio de bílis: no curto prazo de subir cinco andares, olhava Dóris não mais como amante, mas como mal-acabado manequim de vitrine, atrás de defeitos, mau-gosto, sujeira. Por que diabo essa mania de usar roupas de cigana?

— Porra, Dóris, você tem que se vestir melhor.

O suficiente: ela meteu as mãos na cintura, pela primeira vez numa vulgaridade beiçuda:

— Ah é? que babaquice é essa agora?

De maneira que nossa lua-de-mel foi uma bosta, apesar dos esforços mútuos de pacificação e arrependimento. Simples: estávamos condenados. Não por culpa minha ou dela, mas por caprichos da Roda. Hoje eu sei.

Na neblina da bebedeira, Pablo ia erguendo tijolos sem prumo nem método, pondo na mesa um balaio de planos e vontades — principalmente de Carmem, que eu não conhecia. Era fatal que no eixo daquele delírio houvesse uma mulher.

— Ela é daqui?

— Está morando em Curitiba.

Minha cidade é uma imensa estação rodoviária: ninguém é daqui. Pablo tinha visto Carmem três vezes na vida; nas duas primeiras, treparam até de manhã cedo, o suficiente para que Pablo aventasse a hipótese de que ainda poderia ser um homem feliz — crença que se tornou obsessão e o único assunto do resto dos seus dias. Na última vez, um ano antes, durante o festival que foi a primeira grande desgraça do meu amigo, Carmem preferiu a companhia de alguns barbudinhos que tocavam violão em barracas, ao amor desesperado daquele ex-garagista, ex-garçom, ex-iluminador de circo de periferia, ex-tudo, que então relaxou seu desprezado *appeal* do homem durão à custa de maconha. Mas não esqueceu nem desistiu; de certa forma, estava encantado, no mau sentido — as mulheres têm essa capacidade. Com saborosa grossura, ele mesmo definia a tragédia, sem achar graça nenhuma:

— Amor de pica, onde bate fica.

Apenas sorri: Pablo é demasiado sério.

— E agora, você conversou com ela?

— Por telefone.

— Falou da comunidade?

— É claro que não. Desta vez vou fazer a coisa certa.

Pablo acredita piamente que há coisas certas. Talvez seja isso que ainda o deixa em pé.

— Como assim?

— Telefonei para saber se ainda estava viva. Está. O resto, deixa comigo.

Na minha cabeça restou uma ambigüidade sinistra — sou doente. Triste, cheguei a pensar que a prisão havia destroçado Pablo em definitivo, que o horror das solitárias o havia tornado esquizofrênico para sempre — mas em instantes contemplava os seus olhos quixotescos, aquela fúria emperrada de viver, e me comovia:

— Eu vou levar Carmem comigo, é claro, mas no tempo justo. Eu sei que ela vai. Agora só preciso de um auxílio.

Brindamos ao amor, eu calculando de quanto seria o auxílio, ele muito perto do choro, da comoção limite: uma questão (como tudo em Pablo) de vida ou morte. Duas garrafas de cerveja mais tarde, a viagem se fechava:

— É isso aí, cara. Quando eu tiver minha casa erguida, minha horta produzindo, minha rede pescando, aí, só aí, eu venho buscar minha mulher. — Recostou-se na cadeira, um arcanjo bêbado: — Caralho, viver vale a pena.

Fui bastante estúpido para tentar convencê-lo do contrário, não das vantagens da vida, mas da suposta felicidade do homem casado. Quando tudo estivesse pronto para ele finalmente viver, Pablo se enterraria com a maldita Carmem, e qualquer idiota saberia disso: que ela (fosse lá quem fosse, nesse tempo eu estava seguro de que era uma questão de essência, não de qualidade) que ela seria o começo do fim, do último fim, de tantos quantos fins Pablo já sofrera.

Mas — o leitor sabe — não recusei o financiamento parcial do seu paraíso. Ao preencher o cheque, compensei a sensação de otário com o sadismo subterrâneo de quem faz um experimento de laboratório. Aliás, Pablo nem ouvia meu arrazoado inútil; enquanto eu falava dos sofrimentos terríveis do concubinato, ele erguia a casa, colhia cenouras, fritava peixe e amava Carmem. Talvez sejam mesmo necessários mais dez anos de cadeia e choques nos bagos para Pablo tomar consciência da realidade. Hoje, distanciado, tenho remorsos da minha pequenez; por ser um homem corrompido pela segurança (e pelo resto, que vem junto) não poderia nunca compreender a extensão da tragédia e da grandeza insólita de Pablo. Para mim era muito simples: ele nunca vivera, dia a dia, com uma mulher, e isso faz toda a diferença.

Mas confesso que senti inveja; de algum modo transferia para meu velho amigo a tarefa ingrata de sofrer a paixão. Pagava-o, inclusive, como quem se refestela numa boa poltrona para assistir a um grande espetáculo. Com tão pouca idade, eu já estava velho e amargo demais para acreditar, ou ter fé, ou furar meus olhos — e ao mesmo tempo me remoía de vontades, como se a vida estivesse nele, e não em mim.

Sem rodeios: sou um fracasso. Minha mãe (e o Doutor Lineu, meu Deus!), Dóris, Mara — quem sabe Glorinha, minha simples Glorinha, me salve? Um fracasso. Há alguma coisa errada comigo, de um erro tanto mais insidioso quanto menos danos acarreta. Olho-me no espelho, continuo bonito, o mesmo moço loiro das cartas, com a seriedade de papel. Nenhum risco profundo me lanhando a alma. Deixo ossos pelo caminho, feito Peter Pan, sem marcas do tempo.

Naquele tédio azedo, Pablo me estimulava; o caos enviesado de sua história me fazia entrever grandes possibilidades, ainda que a preço de bebida — e naquele final de noite, mais uma vez, senti a doce coceira da anarquia: por que não participar da comunidade, largar tudo (minha mãe, principalmente), e me enterrar no mato, começar a vida de novo, haurir a sabedoria generosa da terra? Não há ninguém que vez por outra não alimente sonho igual, a nossa reserva metafísica: voltar às origens, esquecer a História, dar um salto para trás de um milhão de anos. O Brasil, Delfim Neto, a Revolução Cibernética, os milicos, a conta do petróleo, o proletariado urbano, o novo modelo da Ford, os vídeo-games, a Rede Globo, que se fodam todos, caralho!

É claro que a questão é um pouco mais complicada. Além disso, temos que contar com as mulheres, ou nada feito: não somos eunucos. (Ou com outros homens, para quem gosta; é mais confuso ainda.) Quanto a mim, nunca teria a extravagante paciência de Pablo, de esperar anos a fio, de telefonar para Carmem só para sabê-la viva, e de esperar ainda mais na meticulosa obsessão de um encontro programado. Como se ela tivesse dito (e não disse): Vai, Pablo, vence na vida e volta um dia, que estarei te esperando.

Pablo não tem *know-how* para vencer na vida; à falta de tecnologia, usou as mãos brutas para erguer uma mal-equilibrada casa de troncos e sarrafos num terreno alheio, com uma parede de garrafas velhas e um teto de telhas de segunda mão compradas com o meu cheque. O troco fez o resto, e em cada tábua que ele pregava havia a face de Carmem, um fantasma, que continuaria um fantasma mesmo depois que ele a levasse para lá, como de fato — desgraçadamente — levou.

No meu caso específico, a desgraça maior começou quando nos juntamos, eu e Dóris. Havia mamãe, também; mas minha mãe corria por fora, uma presença apenas de fazer número, à espera de que a líder quebrasse a perna para então atropelar na chegada. Dóris começou a quebrar a perna na nossa malfadada primeira noite. Envenenado pelos trapos de cigana e pelos sorrisos dos condôminos, passei um mês vendo no mundo inteiro articular-se uma conspiração de pulhas contra mim. Às vezes, no meio do amor, não sentia Dóris, mas a prostituta que o porteiro insinuara: uma angústia lancinante.

A primeira vitória de mamãe foi nossa mudança do apartamento; seguia-lhe os passos, empacotando louças, enchendo malas, tirando quadros da parede. Fomos para um sobrado do Ahu, bem longe da velha — e por um curto espaço de tempo (vida nova!) tivemos a ilusão de que tudo corria bem. Um dos problemas (tenho vergonha de confessá-lo) é que ela nunca mais me chamou de "puro", que tanto me estimulava. Outro, é que ela dormia até tarde, enquanto eu ia à luta às sete da manhã, para garantir o arroz integral e o farelo de soja e o macarrão mediúnico. Ao voltar para casa, meio-dia, com freqüência a encontrava ainda no colchão (de palha sagrada, sem estrado nem cama, para que ficássemos mais próximos da terra), meditando sob uma nuvem de incenso. No começo eu meditava junto, pensando (dolorosamente culpado) na taxa do open, comia um pão dormido com geléia de secreção de abelha, e voltava à cidade, tonto mas feliz — a verdade é que Dóris era gostosa. Depois, morto de fome, magro e com olheiras — minha mãe recomendou vermífugos —, passei a comer no Centro, a princípio lasanhas piedosas, depois sanduíches vagabundos de esquina, de hora em hora. As hemorróidas dispararam, apesar da ginástica meditativa que Dóris propugnava: "Tudo é respiração!" E havia ainda as filas terríveis no Reembolso Postal do Correio velho, onde eu recolhia cursos de ioga por correspondência, e volumes esdrúxulos do

Último saber e dos *Degraus do conhecimento metapsíquico*, ministrados por Sri Budhako, o Grande Guru, que Dóris encomendava preenchendo cupões e cheques visados.

Comecei a perder dinheiro; já não enganava os outros com tanta facilidade, contaminado mortalmente pela Comunhão Universal do homem que supera o contingente e o conflito móvel/imóvel, conforme Khrisnamurti, cujos textos eram lidos em voz alta depois de cada refeição de vento.

Sempre fui um homem com uma extraordinária capacidade de tolerância — afinal, comecei minha vida adulta vendendo enciclopédias, quando não se irritar é uma regra de ouro. Conseguimos viver juntos mais de sete meses, eu amando Dóris, Dóris cada vez mais biruta, e mamãe à margem, crescentemente agitada (houve três mudanças neste período, a última para um sobrado vizinho ao meu) — e até hoje, quando acaricio a gravidez de Glorinha, não consegui escriturar o livro-caixa da nossa convivência, comparando a provação com a felicidade. Com certeza vou ainda levar muitos anos e muitas páginas para fazer a contabilidade correta. Quando conheci Mara — que foi a mulher errada no momento certo — imaginei que estava salvo, mas a sua furiosa racionalização somente piorou as coisas.

Não resisti: fui visitar Pablo na comunidade. Relutei um tanto, desconfiado que a visita soasse como uma inspeção discreta do meu investimento. Expulsava a canalhice involuntária da minha cabeça com a idéia, mais tolerável, de que se tratava de um investimento meramente espiritual: se Pablo fosse feliz, o paraíso, vinte paraísos estariam ao meu alcance. Mesmo porque, como já disse, o dinheiro foi doado, apesar dos protestos de Pablo, garantindo, severo, a devolução em breve. Quanto mais me doía o cheque, mais eu insistia em não haver retorno. Pablo merece. Você merece, Pablo. Porra, bebe aí.

Mas — sou um vendedor — enquanto bebíamos, eu levantava informações do buraco em que ele (e eu) estava se metendo.

— Sabe como é, Pablo. Na hora da comunidade, tudo é uma festa. Mas de quem é o terreno? Tem escritura? Como é que você entra nessa? De repente vocês brigam, e lá está o Pablo fodido de novo com as calças na mão.

Ele me olhou duríssimo. Deu de dedo:

— Duas coisas, cara. Primeiro: nossa transa é outra, não tem nada a ver com comércio. Conheço o Toninho e ponho a mão no fogo. — Em seguida, coçou a barba, fulminado por uma sombra: — Segundo: se você põe minhoca na minha cabeça, uma só, daqui a trinta minutos eu estou com uma criação de lesmas saindo pela orelha. — Encheu os copos. — Não se fala mais nisso.

Mais uma razão para visitá-lo (preciso justificar solidamente tudo que faço): Pablo é ingênuo. Não há nada de mal na ajuda velada de um profissional competente. Assim, dois meses depois, agoniado por notícias e cheio de bons propósitos, decidi viajar. Era o momento propício: Curitiba me asfixiava, correndo a rua XV e a Deodoro com a pasta na mão, atucanado pela lembrança opressiva de Dóris, pelas torturas científicas de Mara, pelas mudanças de mamãe, pelas prostitutas do Metrô (quem sabe eu reabilitasse uma delas? o leitor já sentiu essa compulsão?), fracassado como produtor teatral, afogado num vazio e em revista de mulher nua, e ainda por cima me metendo a escritor. Pior: pensava seriamente em retomar meu curso de Direito, na casca por tédio, mas no miolo sofrendo a ansiedade do futuro, uma coisa que não nos pertence mas que nos toma conta, como um pajem incômodo.

Finalmente rompido o elo da inércia e da rotina (como é difícil!) e solucionados meus escrúpulos íntimos, a visita me custou ainda uma semana de preparativos: revisão numa Brasília esbugalhada, dura de vender, e consolos à mamãe, que queria ir junto. Para ela seria uma questão de vingança, não contra mim, mas contra uma corja imprecisa de parentes que há muitos anos — segundo ela — haviam lhe tornado a vida tão infernal que se viu obrigada a sair de Santa Catarina.

— Eles pensam que estou passando fome. Vou com você, pago tudo, a gente se hospeda no melhor hotel.

— Besteira, mãe. Fica pra outra vez. Vou me enfiar no mato, não tem nem luz elétrica.

Odeio parentes; resolvido este ponto, fiquei torcendo que mamãe não sofresse de qualquer enfermidade psicossomática (como diria Mara) justo na sexta-feira, daquelas de chamar médico e exigir dez dias de cuidados. Mas a velha resistiu desta vez, firme nos seus eternos quarenta anos (tenho mais de trinta). Chegou a me preparar um farnel, que aceitei resignado. Depois, bastaram alguns quilômetros de estrada naquela manhã de abril para eu me sentir o próprio Adão de volta ao Paraíso. Estava tão mergulhado na pureza e na bondade humanas, que me permiti dar carona a dois mochileiros; além de fazer minha boa ação matutina, teria oportunidade de me introduzir no mundo dos novos marginais, os anjos caídos da metrópole. Porém, mal entraram no carro, fecharam os olhos e dormiram, exalando mau cheiro e expelindo roncos. Na entrada de São Francisco, para onde iam, tive de sacudi-los para que acordassem. Olhos ramelentos, cabelos em pencas, mãos sujas:

— Valeu, cara.

A súbita visão do mar, na curva de Barra Velha, espantou os últimos traços de resistência. De repente, entre uma ultrapassagem e outra, descobri que o mar era o meu lugar, e, na excitação deste vislumbre (pena Dóris não estar comigo!), metia o pé no acelerador, deixando para trás um pesadelo de frustrações. Porra, Pablo é um sábio!

Transformado num turista feliz e idiota — por que não viera antes? por que não viajava mais? por que não me aventurava? — lamentei a falta de uma máquina fotográfica para registrar os cartões-postais que se sucediam à esquerda, aquele mar azul aveludado se derramando depois de Camboriú. Um encanto atrás do outro, ó universo maravilhoso! Não sei se o leitor tem o mesmo temperamento que eu para me entender — mas sou capaz de entusiasmos tão envolventes quanto passageiros, e a queda é rancorosamente depressiva. Mas ali, a cem por hora, meu coração estava em alta como raras vezes. Tão simples! Liberdade, solidão voluntária, ar puro, mar, natureza, grandes extensões, vivendo a plenitude das minhas potencialidades sensoriais, afetivas e intelectuais. Nenhum estorvo, nenhum remorso. Que a velha — e eu mudava a marcha, uma terceira firme morro acima — que a velha se contentasse em me ver uma vez a cada trinta dias, era o suficiente, e que... E daí por diante. E tinha sido o Pablo, o mal-acabado Pablo, o neurótico Pablo, que me ensinava o que havia de mais simples!

Naquele exato momento, como antes, como depois, todos os ponteiros do mundo, e nuvens, e figuras à beira, e ondas do mar e ventos e as próprias rodas do meu carro e a memória e tudo, e absolutamente tudo sobre a face da terra trabalhava furiosamente para que no futuro Pablo tirasse o casaco revelando a mancha de sangue coagulado no peito branco, e me abraçasse. Mas eu (e o leitor também, suponho) somos miúdos demais para abarcar esta diabólica conjuminância de elementos, para ler este relógio detonado desde o princípio dos tempos: a Roda. De maneira que nenhum rasgo me perturbou o encantamento daquela manhã, nem o seu tantinho gostoso de vingança: não contra Dóris, que eu amava, mas Mara masmorra, sempre no afã auto-suficiente de — lábios polpudos — eternizar pelo gelo minhas fixações e minha morte e até meus sonhos.

Já em Florianópolis, desci vagarosamente o morro da Lagoa, de onde eu via duas bolsas pacíficas de água cortadas por uma ponte em arco e ladeadas por mantas de areia e mato e mar, mais mar, debaixo de um céu espantosamente azul. Enchi duas caixas de isopor com latas de cerveja, comprei limão e cachaça, e quilos de carne e sal grosso e carvão, e disparei pela estrada da Costa, uma sucessão caprichosa de buracos, um sobe-e-desce entre o morro e a Lagoa. Perguntando aqui e ali, e ouvindo quase que outra língua de um bando de galeguinhos faladores e eufóricos em volta do carro, cheguei no fim da linha, conforme o mapa canhoto — tudo ao contrário — de Pablo. Segui por uma picada longa e alcancei o Paraíso.

Não exatamente o Paraíso dos livros escolares; uma choupana miserável, mais acima a construção de Pablo, tão incerta quanto ele, no meio quatro seres semelhantes, sujeira (uma impressão funda de sujeira), árvores, mato, pedras — mas mesmo assim fiz uma festa, decretando feriado, com a sem-cerimônia do burguês alegre (só hoje percebo) que invade e devora tudo que lhe é exótico.

Mara disse uma vez que o massacre materno (ou do Útero Primevo, não me lembro) me levava a ter medo dos outros (aliás: do Outro), gerando uma tensão que resultava no retesamento muscular do lombo, e formando a Couraça Defensiva, cuja válvula de escape, como panela de pressão, era a minha risada, transparentemente histérica. A filha-da-puta me deixou sério uns dois meses; na dúvida, eu não ria, mas gargalhava todas as noites em pesadelos terríveis. Pois ri à vontade entre meus novos amigos — eles tinham o dom de não me vigiar, apenas me encaravam com um vago espanto. Foi um encontro bom, inteiro, eu estava predisposto a aceitá-los e a apostar neles, e mesmo — é verdade — a aprender. Pã foi talvez a pessoa de nervos mais limpos que jamais conheci, limpeza visível num mero aperto de mãos, olhos sem nuvem. Gostei do "oi" de Paula, do sorriso de Toninho, até do toque cruzado das mãos de Dunga, como sinal de maçonaria. Finalmente, o abraço de Pablo foi aquele feixe tenso de sempre, músculos no limite da resistência humana, cicatrizes brilhando no peito — mas o rosto tranqüilo, uma paz de lua cheia.

Antes mesmo que trouxéssemos do carro a bagagem de bebida e carne, Pablo foi me mostrar aflito a sua obra, como se, do mesmo modo que eu assumia sem saber o ar de investidor zeloso de meus negócios, ele representasse, solícito, o papel do corretor confiável, lesto em provar a justeza da aplicação. Mas é claro que havia muito mais que isso naquela agitação quase infantil. Entramos pelo buraco onde seria a porta, transpusemos sete metros de piso irregular de pedras brutas, e saímos por uma inverossímil parede de garrafas deitadas, ainda pela metade. Ele esclarecia, num delírio de marquês arruinado sonhando com o castelo:

— Aqui vai ser a sala, de dois ambientes. Ali — e o dedo ossudo apontava um lance de ar — um mezanino, e aqui um quarto. Esta parede interna vou fazer de bambu, comecei a cortar hoje. A cozinha, olhe, o banheiro (já estou fazendo a fossa e comprando os tubos, material de demolição, barato pra caralho) e uma varandinha. Veja as telhas, falta só a armação desse lado. Por enquanto vou deixar sem forro.

Ao final da vistoria, contemplamos a obra, eu espantado, ele com as mãos na cintura, prenhe de orgulho:

— E não gastei ainda nem metade da grana. Que tal?

— Está bom, mas...

Pablo me cortou, angústia repentina, tratava-se da Grande Salvação:

— É claro que falta muita coisa, os detalhes, enfeites que dão o toque da transa. Mas o esqueleto está quase pronto.

Na luta para vencer meus preconceitos e frescuras de bom burguês, conferi os encaixes das vigas e pés-direitos; o desgraçado é bom marceneiro. Abracei meu herói, realmente comovido: nunca fui capaz de pregar um prego.

— Um barato, Pablo. — Em seguida, vítima da mania de encontrar defeito em tudo, herança de mamãe, ponderei:
— Mas, cá entre nós, você acha que a Carmem vai abandonar o conforto dela para viver no mato, assim, e...

Em outras palavras (mas não disse): viria ela, de sã consciência, morar naquele barraco? De qualquer modo, minha grossura inábil passou a ele, que fechou o rosto, talvez com assombro: essa questão nunca lhe surgira na cabeça. E determinou:

— Ela vem.

Preparados o fogo e a carne, passamos a tarde bebendo cerveja e cachaça, em goles alternados, para uma felicidade mais rápida. Mesmo assim, de meia em meia hora, eu sentia as agulhadas da neurose — segundo Mara, sofro de fixações traumáticas que a todo instante bloqueiam o devir existencial e pressionam a Couraça Defensiva, uma dor em pontas. Coisas ridículas, mas poderosas: a angústia da falta de um horário justo, a ansiedade da noite sem luz elétrica, o medo de acabar a cerveja, o desconforto de sentar na terra e sujar a bunda, a vontade irracional de vigiar o carro, longe da minha vista, a dificuldade para lavar as mãos no riacho, a perspectiva de não tomar banho quente tão cedo, até a saudade de Dóris me aporrinhava. Em meio à descansada harmonia dos meus amigos, eu me perguntava por que diabo um homem tão jovem como eu era tão doente. Em súbitas depressões (que uma ou outra risada procuravam desmentir), cheguei a supor que talvez Mara tivesse razão.

Felizmente a bebida me salva — custa um pouco, mas salva. Quem sabe essa a razão de eu raramente beber, como quem insiste, teimoso, em antes queimar todos os cartuchos convencionais para a entrada no céu. Alcançada certa faixa de euforia alcoólica, mergulho de cabeça na comunhão celeste, como queria Dóris, só que ela através do arroz integral e do incenso. Secando lata de cerveja atrás de lata de cerveja, fui enxotando os demônios e amolecendo a couraça — e, principalmente, ouvindo os outros.

Pã foi um personagem que me fascinou na comunidade. Dentre todos, era a figura mais próxima de um filósofo, uma espécie de síntese da Utopia pré-histórica que eu estava conhecendo, embora não falasse nesses termos — a rigor, não falava em termo algum, apenas intuições, imagens e monossílabos carregados de sentimento:

— Só.

Não tinha dado muita importância àquele ser acaipirado e lento e magro, tão suave em gestos e fala e olhar, até vê-lo com a flauta transversa, que tirou de um estojo bem cuidado e montou minuciosamente, peça a peça, enquanto nos calávamos à espera. Destampei outra lata:

— Você toca isso aí?

— Só.

Em vez de *Oh Minas Gerais*, que a meu ver seria o lógico, Pã desfechou uma saraivada de notas simultaneamente harmônicas e caóticas, enquanto todo o seu corpo entrava em transe. Não entendo patavina de música, mas tive quase certeza de que estava diante de um grande artista. Só não podia compreender por que continuava ali, vivendo mal e rezando missa em compassos, em vez de ir à cidade cobrar ingressos. Meia hora depois, eu já agoniado por tanta música e com medo de perturbar o feitiço com o estalo da lata de cerveja, ele parou, numa exaustão silenciosa. Imediatamente tirei a dúvida que me atazanava:

— Desculpe... você conhece... ahn... teoria musical, pauta, essas coisas?

Sim, porque sempre tive a idéia de que músico mesmo é aquele que lê notas, não esses picaretas de guitarra elétrica e nhéco-nhéco. Uma simples questão de saber o que eu estava ouvindo. Pã sorriu, sem agressão:

— Você não curtiu a música. Tava fazendo conta.

Abri a cerveja como quem detona uma granada. Concordei, envergonhado — estou sempre pronto a confessar meus crimes.

— É. — E na língua dele: — Só.

Rimos. Em seguida, creio que por deferência a mim, Pã disparou tocando o *Tico-tico no Fubá*. Uma exclamação de pasmo — porra! — e não falamos mais no assunto, mesmo porque a carne precisava ser virada.

Bom, pelo menos comiam carne.

Acho que não exagero se disser que aqueles dias na comunidade foram a experiência mais extraordinária da minha vida. A cada manhã, curiosamente, me sentia mais são. Ajudar Pablo a erguer a casa, segurar uma tábua enquanto ele metia o martelo, puxar uma pedra daqui para ali, suar, ouvir aquele maluco do Pã tocando flauta, revirar a terra com bosta de galinha e plantar cenouras, dormir no chão enrolado num cobertor, puxar maconha ao entardecer, e até o modo como eu não gostei do Dunga, e investiguei Paula, e tentei descobrir quem era o Toninho, tudo isto significou uma deliciosa revolução — pelo menos no momento em que acontecia. E foi pouquíssimo tempo!

Senti violenta saudade de Dóris. Quem sabe ali, na Terra Prometida, pudéssemos viver o idílio naturalista? Na euforia da segunda bebedeira, noite seguinte, confidenciei a Pablo que ele era um gênio, um santo e um sábio; e que se eu tivesse o peito de fazer o mesmo, reconciliar-me com Dóris e trazê-la àquela Costa, o Paraíso seria um pássaro na mão, de vôo próximo.

— É isso aí, cara.

Evidente que não; é espantosa minha incapacidade tanto de prever o futuro quanto de entender o passado. Até hoje não sei exatamente o que houve comigo e com Dóris. Às vezes imagino que a culpa foi inteira dela, já que, além de sua irritante falta de método, não tivemos filhos. Ainda que me preocupasse diariamente com dinheiro — como ainda me preocupo, de modo a sobrar tempo para a filosofia — a meu favor invoco o fato de que nunca me incomodei com proje ção social; prova disso, meu amor a Dóris, que na vitrine desse mundo fazia péssima figura. Se até um porteiro de prédio...

Mas — conforme Mara frisou, cruel e sorridente, cigarrinho empinado nos dedos — isto apenas provava minha insegurança, já que ia buscar em Dóris o atestado da minha suposta "pureza". Simples, não? Vingativo, nos meus dias de comunidade estabeleci por conta própria que sou um bom sujeito, um puro, da mesma estirpe dos Pablos e Pãs do mundo. É um consolo que tranqüiliza, embora minha mãe não entenda.

Talvez o início do fim tenha sido mesmo a falta de um filho. Mas Dóris não engravidava, apesar de nossos atléticos esforços. Quanto mais trepávamos, menos ela engravidava, se isto fosse possível. Ela não tomava pílulas e queria um filho tanto quanto eu, pelo menos aparentemente. Preocupado, fui ao médico, a três médicos, por desencargo de consciência e também para eliminar uma velha dúvida: aos dezoito anos financiei um aborto, supostamente meu fruto, e quase fiquei louco com as chantagens daquela vagabunda de quem nem me lembro o nome. O trunfo máximo da cadela era comunicar a Polícia, o Juizado de Menores, minha mãe, os vizinhos, os jornais, a família — e exigir casamento. Com dinheiro e jeitinho consegui me safar da desgraça precoce — mas não adianta, a desgraça é só uma questão de tempo. Conclusão dos médicos: sou perfeito, tenho porra suficiente e de boa qualidade, o que me aliviou duplamente. Quem sabe foi a alegria com que comuniquei o veredicto a Dóris que nos envenenou?

— Eu não vou me submeter a açougueiro nenhum. Essa medicina é um embuste.

Recusava-se a uma consulta, botando na cabeça que não pegava filho por bruxarias da minha mãe.

— O astral da tua velha me empesteou.

Apesar de tantos saberes, Dóris continuava uma mulher do povo. E dá-lhe incenso na casa, e tome-lhe respiração metafísica, e meta-lhe chá de mamão ressecado goela abaixo. Eu fui perdendo a paciência:

— Dóris, esses teus remédios não curam nem a caspa.

Porque além de tudo ela estava relaxando demais, ficava três dias sem tomar banho para harmonizar ying e yang, o visível e o invisível e o caralho a quatro. Mas numa coisa Dóris tinha razão: minha mãe torcia mais ou menos ostensivamente para que não tivéssemos filhos. Não poucas vezes encontrava em sua casa (o sobrado vizinho) velas acesas em pequenos nichos misteriosos. Estranho, porque a velha nunca tinha assistido a uma missa na vida. Pois passou a rezar novenas, comprar santinhos, ouvir sermões da Rádio Colombo. E uma noite — a velha atacava em todas as frentes — me pediu para levá-la a um Centro Espírita, tinha aparecido uma dor nas costas e uma amiga e tal, e quando minha mãe não quer explicar nada ela fica balbuciando uma algaravia contínua que só se interrompe quando eu concordo.

De maneira que eu presenciava uma batalha de demônios e de magia negra, a parapsicologia ioga contra os bruxedos cristo-maquiavélicos, o Oriente contra o Ocidente, e quem sofria o inferno era eu. Emagreci ainda mais, tanto pelos esforços desesperados para ter um filho — já mais uma desforra que um desejo — quanto pela pressão mediúnica dos potentados de saias. Não querendo reconhecer a derrota definitiva — evidente que minha mãe vencera — Dóris propôs que nos mudássemos de casa. Protestei, numa teimosia burra e irritadiça:

— Você quer fazer o jogo da velha?

Odeio mudanças. Apesar de tudo, incrivelmente não foi aí que rompemos nosso pacto de amor. Hoje, quando tenho veleidades de supor que ninguém sofreu como eu, penso em Pablo — e toda a minha tragédia se reduz a um teatrinho de marionetes. Penso no velho Pablo da infância, em cujo peito apagaram cigarros e cujas pernas são dois tocos surrados. Lá estava ele, na comunidade, bebendo e rindo comigo, tenso e formidável como um ser sem manchas, recomeçando laboriosamente a montar por conta própria o seu magnífico castelo de cartas, que pouco depois iria desabar com tanta brutalidade.

Tudo que ele sonhava — e com que riqueza de detalhes Pablo me descrevia o grande filme de sua vida! — era uma pequena casa, em cujas paredes houvesse o seu suor, Carmem, e filhos. Afinal, substituindo-se o *Carmem* por outros nomes, não é o que todo o mundo deseja na vida?

Estou convencido de que o sabor desta conquista miserável só se adquire através da desgraça. Penso nisso ao me lembrar de Toninho, de quem levei algum tempo para gostar, e de Paula, uma menina que beirava (talvez só na minha cabeça) a vulgaridade. Para um cidadão civilizado como eu — acho que quanto a isso não há dúvida — passar a noite ouvindo ganidos de amor a três metros, com tanto mato, e, principalmente, com tanto homem avulso em volta, era um tormento difícil. Como Cristo, sofri pelos outros. Aparentemente todos dormiam — só eu ouvindo aquele chupar de línguas e tentando me persuadir de que no Paraíso é assim. Quer dizer: aqueles dois não tinham a temperatura da tragédia, logo não se amavam, como queriam demonstrar. (Se bem que hoje descarto esse silogismo idiota e me sinto bem menos inclinado a prescrever tragédias a alguém. De qualquer modo, não depende de nós.)

O incidente me perturbou tanto, que passei metade do outro dia procurando convencer Pablo das vantagens de isolar seu quarto erguendo paredes de material. Nunca tinha visto Carmem na vida, mas por certo ela não faria do amor um espetáculo público. Felizmente Mara não estava ali para trocar em miúdos a minha obsessão, e nem Pablo percebeu as razões da minha neurose à prova de som.

Com algum esforço venci a repugnância de vê-los — Toninho e Paula — se beijando também à luz do dia e a todo momento, num sem-pudor aguerrido, para descobrir quem eram. Porque outra coisa que me intrigava, nos meus momentos de ansiosa lucidez, era o que fazia aquele bando de jovens classe-média (o Dunga, inclusive, de família abonada) não ter nenhuma vontade de ganhar dinheiro, como eu; o que os levava a renunciar de todo o conforto fácil que está à mão de qualquer picareta em qualquer lugar, para se enterrarem na comunidade e criar galinha e plantar chicória. O Pablo eu entendo. O Pablo sempre foi um incapaz. No bom sentido: como se Deus reservasse a ele a tarefa de ocupar-se apenas com a própria cabeça e os próprios grilos em expediente integral, para alguma pesquisa no imponderável laboratório celeste. Mas e os outros?

Por exemplo, o talento de Pã — um ex-bancário! — merecia destino melhor. Ah, se eu tocasse flauta assim! Com um mínimo de reparo, preparo e disciplina (controlar um pouco a sangria musical), eu estava rico, montava o marketing, vendia meu som e meu nome e minha imagem feito doce de feira. Mas Pã — cujo nome verdadeiro é Aderbal — insistia em rezar missa musicada para uma platéia minúscula, regada a legumes e maconha. Já o Toninho, como eu, não parece ter qualquer brilho específico. Diz ele que é bom ator, que entrou em cinco faculdades e não concluiu nenhum curso, que sabe desenhar (e realmente sabe, embora nada de especial), que abandonou a família, que isso e aquilo, que está numa boa e que a Paula é a mulher da vida dele (sempre que me falam isso eu me arrepio), que vai vender camisetas artísticas como reforço à sobrevivência e que pretende ser enterrado pelos netos debaixo da figueira maior do terreno. É muita coisa de uma vez só. E quando bebe muito — o que aconteceu todas as noites em que estive lá — dá ligeiras desmunhecadas, soltando uns falsetes de quem troca a voz. Como não sou a Mara, nem quero saber o que se passa. Na vida real, pelo menos, não parece ter nada de bicha — vide Paula. Se bem que, sempre segundo a Mara, as coisas jamais são tão simples.

Acabei gostando do Toninho. Embora entranhado na comunidade, tinha ainda muitos tiques de urbanóide, minha raça, e acho que por ele ainda instalariam uma televisão na choupana — *pra ver filmes*, ressalvaria. Quanto à Paula, não é fácil descrevê-la. Mesmo que eu fosse um bom escritor (como a Mara, traiçoeira, vivia soprando no meu ouvido), minha profunda ignorância das mulheres me levaria a comer a caneta antes de lhe fazer um retrato. Temo ser injusto. Digamos que é uma moça vulgar, de uma vulgaridade ansiosa. Digamos que as coisas deram errado, era a filha feia, o pai bêbado, a mãe tem amantes, abortou aos quinze anos, o irmão fumava maconha até apanhar da polícia, levou pau na escola três anos seguidos, qualquer coisa do gênero. De repente encontrou o Toninho, outro que também não deu certo, mas que foi capaz de amá-la sem agressão (talvez por não prestar muita atenção a ela), dois coadjuvantes adequados numa peça sem argumento — e ei-los na comunidade, dando pulos para alcançar o céu, mandando o mundo à merda e se beijando o dia inteiro.

De certo modo, a Paula lembra a Dóris — só que esta tinha (e ainda tem) *estilo*. E Paula se debatia no estágio da agressão, o primeiro da vida adulta; ao falar demais, permitia que reparássemos no seu maior medo: o de ser abandonada, o de passar por puta, essas coisas tristes. Noutras palavras, o Toninho estava na dele, enquanto Paula estava na do Toninho. Filosofemos, triviais: seria esta a insegurança primordial das mulheres?

— Isto é um dado histórico, econômico e cultural, pô! — diria Mara, furiosa, boca cheia de salsicha, maionese no batom dos lábios.

Concordo, é claro que concordo. Nunca consegui provar absolutamente nada à Mara, ela ganhava todas. Era muito tirocínio para um homem afetivo como eu.

Meu entusiasmo pela comunidade durou exatamente o tempo que passei lá. Mara já havia assinalado a natureza neurótica dos meus altos e baixos, uma espécie de "efeito maré", um inseguro vaivém cuja raiz primeira — segundo ela, cruzando as pernas gostosas nas poltronas do Teatro Guaíra, no ensaio geral da peça que eu produzia — cuja raiz *medular* (e os lábios vermelhos desembrulhavam aquelas palavras de dicionário, mediadas por uma doce língua) era o afeto não resolvido do filho único pela mãe possessiva.

— Quando você sobe muito, na autonomia do próprio impulso, o cordão umbilical entra em pânico e te puxa para baixo. É um mecanismo muito simples — esnobava ela, cochichando-me no escuro do ensaio, roçando-me o joelho e me enchendo os ouvidos de cabelo.

Se a teoria é correta, nunca soube nem me interessava em saber, animalizado pela presença física de Mara, fonte de maus pensamentos — mas o efeito maré era uma realidade. Voltei para Curitiba literalmente *puxado*, como se alguma força estranha se encarregasse de apertar o acelerador da Brasília, aliás cheia de ferrugem e pó, exigindo lavagem e cera urgentes para revenda. É verdade que consegui ficar longe de casa mais tempo que o previsto. Resisti bravamente uma segunda e uma terça-feira, dias de serviço; na quarta, pus o pé na estrada, agoniado. A viagem de retorno foi seca e desesperada; não dei carona a ninguém nem apreciei a paisagem, afundado num rodamoinho de pensamentos desagradáveis. Quanto mais me afastava da ilha, mais achava um absurdo o paraíso de Pablo, um horror viver daquele jeito, rodeados de jararacas, aranhas, pernilongos. A anarquia do mato, a falta de asseio da barraca, a incerta geometria da casa de Pablo, a ausência generalizada de objetivo na vida, o parasitismo daquela proposta existencial, o fingimento (seria fingimento?) daquela solidão auto-suficiente, tudo me parecia, na fúria da volta, na maré baixa, tudo me parecia um monumental charlatanismo.

— São uns idiotas.

Nos breves momentos em que a maré suavizava-se, eu mesmo contrapunha argumentos, sempre com a imagem de Pablo, o Puro — afinal, eles estavam se livrando de todos os acessórios da vida, estavam tentando sobreviver à margem do Sistema, das sobras da Grande Máquina, com uma coragem que eu nunca teria. Acho que era isso que me irritava. Agora, que a tragédia já se consumou, agora que Cristo foi outra vez crucificado, eu possa talvez entendê-los. Posso compreender o quanto Pablo era (e é) um homem inadequado nesta História, posso sentir o abismo intransponível — que lugar-comum! — entre a Realidade e o Sonho. Saltar de um para outro tão desmioladamente é oferecer-se à Forca. Mas naquele tempo — ou naquela viagem de retorno — as minúcias de fichário é que me perturbavam, não o conjunto da Roda.

E só quando eu já tinha passado por Joinville e começado a subir a serra, imprensado entre fileiras de lentos caminhões, que enfrentei concretamente a origem do meu mal-estar: Dunga. É muito difícil separar o que eu já sei agora daquilo que eu então sabia, mas enquanto o carro arrastava-se morro acima, carburador desregulado, barulho infernal, vagareza e calor, Dunga crescia como o grande vilão, o silencioso demônio da comunidade. Dunga era a *presença pesada*, um depósito de segundas intenções, de segredos, de impurezas.

Por que eu não gostei dele? Talvez porque eu não o dominasse — com a superioridade paternal do meu dinheiro, da minha proteção e das minhas latas de cerveja —, talvez porque ele não se abrisse tão limpamente como todos os outros, ou porque ele não confiasse em mim. A presença de Dunga era opressiva e silenciante. Tinha um modo estranho de pertencer e não pertencer à comunidade; de conversar pouco não ao modo de Pã, por exemplo, mas de um dique transbordando, de insinuar vilezas sem abrir a boca; de olhar ao acaso, sem peso; de passar o tempo afiando um canivete, que às vezes ele espetava em tocos com uma precisão arrogante; um modo de deixar claro — sem tocar no assunto — que as terras da comunidade eram dele; um modo ofensivo de frestar as coxas de Paula (que, aliás, parecia satisfeita com a mirada). O mais espantoso era que apenas eu percebia tudo isso, remoendo Dunga feito carne moída num caldeirão de nervos.

Não gostei de Dunga. Porra, não gostei *mesmo*. Havia um escárnio disfarçado naquela boca, uma boçalidade de gestos, uma babaquice malévola. Além do mais — e eu mudava a marcha, de segunda para primeira, alimentando uma raiva crispada que tocava o rancor —, além de tudo ele não fazia nada ali; raríssimo transportar um tronco, ajeitar uma pedra na represa, limpar um peixe. E havia uns cheques misteriosos que ele buscava na cidade, notas amarrotadas quase caindo do bolso. Sem falar na maconha, da qual Dunga era sem dúvida o grande fornecedor, uma locomotiva puxando noite e dia, mas sem lhe acalmar a tensão, talvez piorando-a. E também notei uma inveja sutil contra o meu amigo Pablo, contra a dolorosa casa de Pablo erguendo-se no *seu* terreno, dele, de Dunga — o que ele frisava sem dizer, afirmação transparente até no jeito como ele se encostava nas árvores, como chutava pedrinhas.

— A tua grande fraqueza — me disse Mara na cama, a primeira vez, quando eu broxei vergonhosamente, mesmo depois de baixar a calcinha dela com os dentes e chupá-la como um pêssego maduro, na boca um gostinho de sal molhado — é que o teu orgulho te castra. Disfarçadamente, você *exige* que todos te dêem atenção, te bajulem, te achem o máximo. Se alguém recusa o jogo, mesmo sem maldade, como eu (e olhe, eu gosto muito de você, você é sensível), você entra em pane e fecha a Couraça. — Passou a mão nos meus cabelos, compreensiva e tesuda: — Não esquente a cabeça. O teu fracasso (será que foi isso mesmo que ela disse?) vai ser muito bom para nós.

Então a puta vestiu de novo a calcinha negra, sentou-se à cabeceira, cruzou as coxas e acendeu um cigarro. Me sorriu com dentes de plástico, sintonizando uma voz de normalista carinhosa:

— Tudo bem, meu amor? Você... você não está magoado, está? Olhe, eu *compreendo* você...

Agora, cabeça fria, reconheço que talvez aquela aprendiz de jornalista, aquela bosta perfumada, talvez ela tivesse razão. Deixo de lado a papagaiada freudiana, o efeito maré, a forca do cordão umbilical, a vontade de mamar na teta, o filtro histérico da Couraça Defensiva, a puta que pariu, e retenho apenas o fato de que, por trás da minha estudada humildade, está o desejo obsessivo de ser o centro do mundo, a vontade de agradar a todos, mas exigindo em troca uma viva admiração por mim. (Mas que diabo! Os outros não são assim?) Pois bem, Dunga me ignorou, ostensivamente — de certo modo, até rivalizou comigo, sempre pronto a colocar pedrinhas no meu sapato, a pôr em dúvida minha grandeza de intenções e minha vontade de ajudar.

— Pra você até que é uma legal, né? Enche o carro de cerveja e carne, passa três dias curtindo uma boa com a jacuzada, e se arranca pro ar condicionado, louco pra tomar um banho quente.

Seguia-se uma risada e um tapinha nas costas, amigável e tenso, a outra mão arremessando o canivete, cravada certeira num toco de árvore.

Insisto: o que me admirava — e me leva a ponderar que talvez fosse eu o errado — era o fato de que nenhum deles sentia a peçonha de Dunga, enquanto aos meus olhos esse veneno empesteava a comunidade inteira, de manhã à noite. Pã tocava sua flauta, Toninho e Paula se amavam e faziam hortas, Pablo pregava tábuas e sonhava furioso, eu me afundava nas delícias daquele mundo novo — e Dunga perambulava, sombra incômoda, de vez em quando insinuando o projeto de uma casa, a ser erguida no ponto mais alto, ou brincando de dar de comer às galinhas, ou puxando fumo.

Numa caminhada pelo morro, em que ajudava Pablo a abrir uma picada estreita entre pedras enormes, achei por bem lhe chamar a atenção. Não foi fácil: falar mal do Dunga era me igualar a ele, era mergulhar numa avareza, fazer o papel de intrigante — mas impossível ignorá-lo, Pablo é cego. Joguei verde:

— E o Dunga, que tal?

No alto de uma grande pedra, contemplando uma faixa de mar esganiçada sob o céu, Pablo largou a foice (a mesma foice), e acendeu um cigarro.

— Boa gente. Porra, ele que tá agüentando isso aqui.

Engoli em seco. Mas aquilo me estimulou mais ainda. Uma insídia deliberada, agora:

— Será que você não está sendo muito ingênuo?

O frágil Pablo me comprimiu, pancada no peito e na alma. Tenso:

— O que você quer dizer com isso?

— Nada. Eu... não sei. Deixa para lá.

Ele suspirou. Agora o rosto se contraía, o sinal do mergulho celeste:

— Eu acho que sei do que você está falando. — Balançou a cabeça, no seu gesto estóico de suportar as porradas do mundo. — Eu sei. Não quero pensar, cara. Não me foda com minhocas. Logo agora que falta tão pouco pra eu me salvar.

Não tocamos mais no assunto, mas o pavio já estava aceso. Venci (e ainda venço) a náusea do meu alerta a Pablo (porque eu não suportaria ficar em silêncio) com a certeza de que eu não me enganava (como de fato não me enganei). E quando este consolo é pouco para o tamanho das nossas culpas, minhas e de Pablo, eu me asseguro de que a omissão seria pior, porque Pablo é um cego (ou não seria grande), e estava tentando queimar a fogueira de sua Paixão num corredor sem ar. Talvez eu fosse capaz de matar Dunga, numa situação limite, naquele instante sagrado em que o demônio pisa perigosamente o território do Paraíso — e então não há acerto, sob pena de ficarmos incompletos para sempre. Mas é possível que as coisas sejam bem menores do que aparentam; é provável que hoje, na humana aflição de encontrar um Judas para cada erro, eu reconheça em Dunga um tamanho que ele nunca teve.

Quando cheguei em Curitiba, morto de saudades da mediocridade da minha vida, encontrei o apartamento de mamãe reduzido a caixas e pacotes, no impulso obsedante de outra mudança. A velha embrulhava seus cristais em meio a ataques de pressão alta; apavorado, trouxe um médico, para a alegria apocalíptica de mamãe.

— Escapei por pouco, meu filho — ela sorria, relendo dez vezes a receita médica, semelhante a um catálogo farmacêutico.

Duas horas depois, já telefonava para a empresa de mudanças e para a imobiliária, no acerto de mais um contrato rescindido.

— O porteiro daqui é um cavalo, meu filho. — Implicar com porteiros deve ser uma síndrome hereditária. — Bom mesmo seria voltar para o sobrado do Ahu, nada como o conforto de uma casinha, não pagar condomínio.

Mas felizmente fomos para outro prédio, desta vez na via rápida do Portão, e durante semanas não tive paz sequer para avaliar minha experiência na comunidade ou pensar na nova vida de Pablo. Uma fase ruim; percorria todos os meus endereços anteriores em busca de uma carta qualquer de Dóris — então numa incerta fazenda ioga de São Paulo — ao acaso do Correio, violentado por um amor retardatário, covarde, mentiroso, impróprio. Não me ocorria ninguém melhor para conversar. Às vezes pensava em Mara, agora trabalhando numa agência de publicidade — mas fui forte: não dei um passo além de pensar. Não suportaria mais aquela enchente estéril de explicações lógicas para o meu desespero, ou solidão, ou tristeza, ou neurose. Cheguei ao cúmulo do fracasso: comprava (envergonhado) revistas de sacanagem, que escondia no caderno de classificados da Gazeta, e me trancava no banheiro, agonizando em orgias fantásticas, quatro, cinco, seis mulheres se contorcendo babadas em volta do meu pau num delírio impossível e alucinante, resumindo-se tudo a uma melancólica esporrada no azulejo. Mais tarde, num acesso moderado de moralismo, dispensei as revistas, trepando apenas com Mara, depois com Mara e Dóris, e finalmente apenas com Dóris, sem muitas convulsões, no máximo a cachorrinho — isto na culminância súbita de um bem comportado papai e mamãe, em que ela (Dóris, bem entendido) sussurrava, deliciosa língua na orelha: "Meu puro!"

Dóris deixou saudade. Faltou muito pouco para que não desse certo, ou pelo menos para que eu não ficasse tanto tempo sozinho. (Hoje tenho Glorinha. Como é bom uma mulher!) Não sei se a culpa foi só da minha mãe, como Dóris vivia dizendo — já não estou tão propenso a descarregar na pobre da velha as minhas derrotas. A estupidez foi mesmo minha, pelo menos na gota final, e prefiro não dividi-la com ninguém. Além do mais, concordar com Dóris neste ponto é endossar o fundamento das teorias de Mara:

— O problema é que você casou com a própria mãe.

Não sei por que insisto em exumar Dóris; sei que não é por ela, com quem hoje não agüentaria passar dois minutos, mas por mim mesmo. Ficou alguma coisa irresolvida, alguma coisa que eu deveria dizer e não disse, ou fazer e não fiz, quando ela se ergueu do colchão — "pra mim chega" — e fez as malas e nunca mais apareceu.

Passado o choque, confesso que o recomeço foi bem; representei à farta meu gosto pela liberdade, sem hora para chegar nem sair, sem filas no Reembolso Postal, sem indiretas de minha mãe (que, é estranho, me deixou um bom tempo em paz), sem compromissos com ninguém, todo esse teatro que inventamos para simular independência. A par disso, retomava a volúpia dos negócios e a fúria do lucro — ganhei dinheiro, aplicando com tino e tesão.

Exatamente nesta época encalhei em Mara. Tinha ido à Chignone comprar a Nova Lei do Inquilinato, e, certamente impressionada pelo meu jeito de rico — quando quero sou posudo —, uma belíssima mulher (de um gênero absolutamente novo para mim) puxou assunto, sorriu (e enquanto sorria tocava minhas mãos, puríssima), reclamou dos preços dos livros, me arrastou para um álbum de pintura renascentista na prateleira de arte, desdenhou best sellers, vasculhou literatura dramática, recitou um trecho de Vinicius, pulou aos ensaios antropológicos, alisou uma orelha de McLuhan e outra de Marcuse — e eu a tiracolo, o rato de Hamelin. Em vez da Lei do Inquilinato saí de lá com *A arte de amar*, de Erich Fromm ("é muito bom", ela garantiu), que até hoje não li, o leitor deve ter notado, e Mara com *A revolução sexual*, de Reich, que fiz questão de pagar quase à força.

Quando nos despedimos, após um suco de laranja, beijinhos na face e um encontro marcado, um problema fundamental se apresentou: como disfarçar minha ignorância? Ora, reconhecendo-a. Um duplo prazer: assimilar rapidamente um pouco de cultura ilustrada, vivendo novamente o papel de aluno relapso, o único em que me sinto seguro, e, ao mesmo tempo, amar aquela professora magnífica. Isso tinha um sabor todo especial de sacanagem de infância, com a diferença de que não havia tanta pressa. E lá no fundo — pois nunca desisti da pureza — entrevia uma boa margem para viver minha redenção. Quem sabe agora desse certo?

Assim, deliciei-me com as aulas em fragmentos didáticos, assisti atento às sessões de arte do Cinema Um, abri minha alma ao bisturi analítico de Mara, freqüentei vernissages, simpósios, mesas-redondas, lançamentos de livros, concertos da Camerata Antiqua — tudo em vertiginosos quarenta dias, como no dilúvio. Quando o ciúme começou a me morder — Mara era íntima de meia cidade, menos de mim — desembocamos no teatro:

— Que tal a gente montar uma peça?

Tonto de desejo e timidez — porra, nunca soube que era tão tímido, aquela mulher me anulava — concordei imedia tamente. Assim começou a agitação do teatro, o entusiasmo como produtor independente, a leitura e o estudo do texto, o sabor da Arte, a sensação de cultura superior, de agente de civilização, de intermediário dos gênios. O prazer de me debruçar nos clássicos, pelas mãos perfumadas (e primeiros beijos, na boca) de Mara:

— Édipo está vivo, meu amor.

E ela me traduzia aquele falatório saco de "Oh Creonte", situava na história, recitava datas, resumia o mundo do palco. Bajulava-me, talentosa:

— Sabe que você é *muito* inteligente?

E dizer que perdi tanto tempo com Dóris! Um sujeito com o meu potencial! Não deixamos por menos; escolhemos uma peça de O'Neill — que ambos enchíamos a boca para pronunciar, *ó-niu*, como quem abre a porta da Broadway — e investimos no mundo do proscênio curitibano. Eles (e ela) pensavam que eu tivesse muito mais dinheiro do que dizia, e de repente me vi assinando contratos nas mesas do bar Cometa (cobrados mais tarde pela Justiça do Trabalho), rodeado de machorras, putas e viados de toda espécie, vestidos no rigor da marginália artística e me cultivando como um exótico produtor careta e amante da Diretora de Divulgação. Um perfeito idiota.

A utilidade de Mara foi me provar não que eu queria casar com minha mãe, mas que eu estava ficando velho — e, se não tomasse providências urgentes, velho e broxa. (Amo Glorinha.) Hoje entendo que me joguei tão burramente nos braços dela como uma espécie de compensação por Dóris. Depois de tanto tempo vivendo a assepsia naturalista de Dóris, que não usava perfume, nem batom, nem salto alto, nem calcinha de renda preta e mal e mal um desodorante, conhecer um manequim plastificado como Mara, verdadeiramente um frasco de tesão e frescura, sempre tão deliciosamente na moda (de onde ela tirava tanto dinheiro?), cheirosa, carnudinha, um pacote de fetiches, foi um bálsamo. Um bálsamo doloroso, é verdade, que me custou toda a angústia do mundo e os olhos da cara: restaurantes, boates, cinemas, shows, presentes de luxo. Quanto mais ela era difícil, mais eu assinava cheques, feito um novo-rico babaca, investindo em cultura — e nas coxas e nos peitos e na xota de Mara, o grande troféu, no cume de uma escarpa medonha semeada de charcos, neblina, escorpiões, sentimento de culpa e o terror do fracasso. Além de minha analista particular, Mara era um pouco de tudo (exceto o que eu queria que fosse): estudante de jornalismo e psicologia, poetisa, manequim, especialista em teatro clássico (Oh Tirésias!) e na interpretação de sonhos segundo Freud, sócia do Curitibano, íntima dos colunistas e — segundo ela, o que não creio — ovelha negra da família. Depois do nosso rompimento — um rompimento de quinta categoria, de uma espantosa vulgaridade, quilômetros à frente de Dóris — passei a vê-la quase diariamente chupando iogurtes na televisão e arregalando os olhinhos negros para mim; sentindo a compulsão irresistível, trancava-me no banheiro para mais uma cerimônia sexual. Que filha-da-puta.

Era tão delirante minha obsessão por Mara, que mamãe nunca a conheceu. Certamente minha mãe gostaria dela, ao sabê-la freqüentadora de clubes finos, coisa que a velha nunca conseguiu (embora tentasse, para a minha "boa formação social").

O que me deixava cabreiro — e ainda me deixa, cada vez mais, quando penso friamente, no repouso da distância — era a quase certeza (quase: sobra sempre a margem digna do corno) de que eu fui o Grande Trouxa, o namoradinho de mãos dadas, enquanto outros menos escrupulosos (e mais discretos) comiam de se lamber. Assim, foi na inocência da paixão que assumi a pose grandiloqüente de produtor teatral, rodeado de gênios parasitas que Mara me apresentava, a começar pelo Marquinhos, o jovem e brilhante diretor de cena que necessitava apenas de um empurrãozinho para se projetar nos palcos nacionais. Mara me convencia, unhas pintadas no meu joelho:

— O retorno é tranqüilo, meu amor. Com os contactos que tenho na Gazeta e no Estado, e mais a força do Canal 12, rede Globo e tal, nós enchemos o Guairinha. Além disso o Marquinhos está batalhando dispensa do aluguel do palco, vai ficar baratíssimo. E são poucos atores, tudo gente boa. Ah, e conseguimos entrevista exclusiva no *Quem*. Deixa comigo.

Deixei — e me fodi. Foram noventa dias de ensaios, entremeados de psicanálise e fixações em Jocasta; todas as noites, religiosamente, o ator principal, uma bichona olímpica, tinha siricoticos histéricos enquanto o diretor de cena marcava o chão com giz indicando a trajetória e os passos das atrizes com complexo de novela das oito. Tão profissional para vender um carro, chafurdava cego naquele amadorismo feroz. Não podia ver; estava preocupado demais com as interdições neuróticas do efeito maré (que, quando baixava, Mara resolvia à custa de um chupão na boca, no escuro do ensaio). Quanto mais recordo, mais saudades tenho do sonho comunitário de Pablo, com Dunga e tudo.

E, nas vezes em que tentava compensar os rombos de meu bolso com um mínimo de calor sexual — não se trata de comércio, eu realmente *amava* ela, mas que diabo!... — madame punha os pingos nos is:

— Veja bem, você *ainda* não está preparado ... (carinhos, beijos) ... você ... nós já falamos disso ... (mãos nas mãos, olhos baixos, seriedade profunda, silêncios) ... teu impulso é transferência, só transferência ... a gente ... se ... (suavidade densa, a cadela me ama, é lágrima essa água nos olhos?) ... antes de mais nada ... (suspiro doce, leve inclinar de cabeça, estamos muito próximos da redenção) ... vamos, menino ... (honestamente: era de verdade esse teatro?) ... rompa de uma vez (delicados beliscões no meu peito) essa couraça defensiva...

Seguiam-se sessões de exorcismo maternal, em que minha mãe pouco a pouco ganhava chifres, dentes pontudos e verdes, baba de sangue, orelhas de burro, tachos de bruxa — e faziam-se relatórios diabólicos em que o poder de castração da velha intrometia-se nos meus sonhos mais inocentes, aliás dissecados, fatia a fatia, pela língua de Mara. As sessões me exauriam e provavam até o osso minha indigência existencial. Moído de remorsos (e de tesão por Mara, sacerdotisa da liberdade), passava na Confeitaria das Famílias, comprava uma dúzia de doces, embrulhava-os com laços de fitas, e entregava-os à mamãe, tarde da noite, sem olhar para ela, temeroso de que percebesse minha traição diária.

Mara ficou atravessada na minha garganta. Até hoje. Não posso pensar; se penso, como agora, quero enrabá-la sem manteiga, na marra, numa prancha de cimento, rasgar aquele rosto perfumado com mil urros e murros, meter as unhas naquela bunda redonda, literalmente comer-lhe os peitos e jogar a sobra aos urubus do rio Belém.

— O que você precisa os gregos já sabiam há muito tempo: *catharsis*, meu amor. *Catharsis*.

Ela ainda vai ver a catarse.

Por esse tempo — a essa altura o leitor já deve saber melhor do que eu de que tempo estou falando — minha mãe arranjou um novo namorado. O Doutor Lineu, bancário aposentado que lutou na Segunda Guerra, zeloso proprietário de um pré-histórico DKW, apareceu de algum Centro Espírita para freqüentar nossa casa. O Doutor Lineu (doutor não sei em quê) tem um tufo lateral de cabelo branco, com que ele cobre cuidadosamente a tampa da cabeça numa espiral rala — e todas as noites esclarece, com sua voz anasalada, monótona, que em outra encarnação foi secretário de Richelieu, um cardeal maquiavélico. Daí vem seu horror ao Papa (segundo ele o cabeça de uma conspiração judaica que antes do terceiro milênio dominará a terra, com a ajuda de almas desgarradas de Júpiter) e seu amor à História, que conhece em datas, nomes, e intenções secretas não relatadas nos livros.

— Napoleão, por exemplo, fora escravo no antigo Egito, durante o reinado de Ramsés II. Quando, diante das pirâmides, dissera a seus soldados que quarenta séculos os contemplavam, sabia do que estava falando. A verdade é que quem não foi escravo jamais se tornará senhor.

Enquanto ele pontifica, engomado dentro de um terno dois números mais curto, minha mãe oferece bombons de chocolate e vinho do Porto, que ele sorve em goles homeopáticos, não sem antes massagear o líquido entre os dentes num ritual gustativo. Há algo estranho com o Doutor Lineu: se eu estou presente, ele se retesa, posudo, e fala como quem se esclarece a uma banca examinadora; se eu me retiro, senta-se ao lado de mamãe, espinha aliviada, e troca cochichos em meio a risadinhas safadas. Às vezes, de propósito, eu provoco o Doutor Lineu, fazendo-lhe companhia por duas horas seguidas, aparentando altíssimo interesse por suas teorias de transubstanciação cármica. Ele sua, passa o lenço na testa, mas não dobra a espinha. Então minha mãe começa a pigarrear, levanta-se, senta-se, sai da sala, volta para a sala, pergunta se eu não quero tomar um copo de leite, devo estar cansado. Fico puxando o cordão da paciência alheia até o ponto limite, quando o Doutor Lineu diz "bem", e ameaça ir embora. Só aí, piedoso, eu me recolho ao quarto, ciente de que estraguei boa parte da noitada dos velhos.

O leitor fique certo de que tenho minhas razões. Talvez o que inconscientemente me irritasse era o fato de que, com a entrada em cena do Doutor Lineu, eu me transformei num verdadeiro estorvo familiar. A percepção desta realidade primária bombardeou-me com um espanto burro — e me levava a admirar mais ainda minha impiedosa analista. Entregava-me, maldoso, ao desejo de vingar a traição materna. Afinal, teorias à parte, somos do mesmo sangue; é olho por olho. Mas o pior de tudo era a inoportuna propaganda de mamãe:

— Meu filho é escritor, Lineu. Nesses dias mesmo está datilografando a história da minha vida.

Uma descarada mentira; não só eu tenho que ser algo extraordinário — um Grande Artista, por exemplo — como ela tem que tomar parte direta da minha vitória. Debaixo de tudo, um inocentíssimo orgulho. O Doutor Lineu se empertigou:

— Ah, que interessante. Durante muito tempo fui professor particular de português. Se você quiser, posso fazer a revisão gramatical do seu livro. Crase, pronomes, concordância. Essas coisas. — Um gole massageado de licor. — Gostaria muito de ler seu trabalho.

Controlei minha fúria esmagando a língua entre os dentes. O Doutor Lineu que enfiasse os pronomes no rabo. Aliás, essa história de escritor nasceu errada do princípio: idéia de Mara.

— Por que você não põe teus pesadelos por escrito? Uma terapia, meu amor. Solte o verbo, só faz bem.

Fui mordido pela mosca azul. Um escritor, hum, nada mau! Que talento tinha Mara para o despotismo! Isentava-me de responsabilidade profissional; a idéia era dela, e eu faria qualquer coisa que mandasse. Pois não estava financiando um fracasso teatral certo de que ficaria milionário? Comprei uma nova máquina de escrever (pois doravante eu seria um novo homem), quinhentas folhas de papel ofício e comecei minhas obras completas. Não era bem isso que Mara pretendera — a conversa de pesadelo e terapia — mas eu tinha tal horror de tentar me descobrir e não gostar do resultado, que comecei logo por contar história dos outros, pelo menos na aparência. Iniciei relatando um pavoroso homicídio num corredor sombrio, em que uma mulher loura era retalhada a gilete e depois empacotada numa lata de lixo. O crime foi assistido por uma criança e um velho, que depois se esconderam num porão — parece que para o resto da vida, não me lembro. Ah, e a loura ressurge na beira de um penhasco, nua, rodeada por cães fiéis e ferozes. Não sabia mais como acabar aquela idiotice; coloquei a palavra *fim* — eram já umas quatro da madrugada — e no mesmo dia corri para mostrar a Mara, feito cãozinho amestrado à espera do caramelo.

Muito provavelmente o leitor já escreveu alguma obra de arte, e deve saber o que é o orgulho desse momento. E também com certeza já levou uma ducha fria na cabeça, em geral quase em seguida, quando a gente volta a si e percebe que a obra é mais uma das milhares e milhões de páginas perfeitamente dispensáveis à harmonia do universo.

— Não está mau — disse Mara, mordendo o lábio. Sorriu, traiçoeira: — Pelo menos não está *muito* mau. A propósito, paralisar é com *esse*.

Enquanto ela mesma corrigia miudezas com a caneta, eu percebi, satisfeito e irritado, que ela sentiu inveja. Não que a história fosse boa. Bastou Mara avançar no texto, silenciosamente, página a página, com um sorriso infinitesimal nos lábios, para o sangue me subir à cabeça e eu morrer de formigamento e suor: estava nu, justamente diante da minha maior inimiga. Mas havia qualquer coisa naquele conto sem pé nem cabeça que perturbou Mara, que mesmo a incomodou, e mais ainda pela necessidade nervosa de aparentar benevolência.

— Essa loura sou eu, suponho.

— Ahn? Nem pensei nisso. Você é morena.

— É claro.

— Como assim?

— O inconsciente, meu anjo. A censura. — Suspiro, e um sorriso: — Mas você é mesmo brilhante para um início de carreira. Que clima fantástico você criou! Ainda pode ser um bom escritor, mesmo.

— Não quero ser bosta nenhuma.

Recusei o beijo oferecido, mais por birra — a mosca azul surtia efeito —, e estendi o braço para recolher minha vergonha. Ela dobrou as folhas e guardou-as na bolsa, já tranqüila. Reclamei:

— Me dê aqui esse troço.

— Nada disso. Vamos mostrar pro Fontana.

— Que Fontana?

— Um cara que entende de estética. Você precisa de alguns macetes. E agora me dá um beijo, sou tua empresária desta vez. Juntos, moveremos o mundo!

Mara estava orgulhosa e irritada; orgulhosa porque bem ou mal eu era seu pupilo, e irritada porque talvez ela preferisse que meu conto resultasse ainda mais ridículo. De qualquer modo, me levou ao Bife Sujo, onde Fontana presidia uma mesa ao pé da escada, cheia de garrafas de cerveja, de admiradores e de um grande desencanto. Eu estava francamente nervoso; depois de me atirar no mundo do teatro, entrava agora no universo soturno dos homens das letras, dos escritores e poetas, e, como sempre, sem preparo ou iniciação. Fontana não olhou para mim; preferiu prestar atenção à gravata, ao corte do terno, ao meu cabelo penteado, à minha pasta preta — e sorriu, não sei se da minha imagem ou por deferência à Mara. Mara era irritantemente dada aos artistas, esta classe superior de gente. Trocaram beijinhos, toques de mão, sorrisos, numa cabala secreta. Havia outros dois Artistas à mesa, que não nos prestaram atenção — exceto no olhar, rápido e penetrante, às pernas de Mara.

— Ele — e ela me apontou com o dedo — está financiando a nossa peça.

— Ah, sim. Já ouvi falar de você. Mas sentem.

Enquanto me batia uma saudade temporã de Dóris — ela, sim, teria sensibilidade para compreender meu texto — sentamo-nos e enchemos os copos. Fontana era poeta de prestígio; como jornalista, sua profissão na vida real, daria uma força tremenda à nossa estréia, bastando que a gente mandasse uns *releases* com antecedência. Minutos depois, agoniada, Mara tirou da bolsa minha bomba. Para controlar a tremedeira e a vergonha, eu secava um copo de cerveja atrás do outro, enquanto Fontana debruçava as barbas, severo, sobre a obra. Como estímulo, Mara apertava minha mão fria com seus dedos sedosos; aguardávamos, tensos. Um editor de Nova Iorque não seria tão respeitado. Num relâmpago imbecil, a imortalidade me sussurrou cânticos de glória; fiquei mais alto.

Virada a última página, Fontana pediu outra cerveja, depois de procurar alguma sobra nas garrafas vazias, e desfechou sem me olhar:

— Teu conto é um tanto ingênuo.

Antes que Mara começasse a me defender — tinha até empinado os peitos — Fontana contemporizou:

— Mas é interessante.

O que, bem pensado, não quer dizer nada. Que merda fazia eu ali? Fiquei com um caroço na garganta. Teria Fontana encerrado seu veredicto? Não; deu um gole fundo, ocultou um arroto entre os dedos peludos, virou uma que outra página, numa concentração sábia, e prosseguiu:

— É um texto romântico-fantástico. Mais pra Poe do que pra Kafka. Como você ...— dedos torcidos no ar, ele procurava a palavra, os gênios também procuram a palavra — como você definiria tua linha literária? — e me olhou nos olhos, curiosamente com bonomia.

Consegui vencer uma gagueira completamente desproporcional ao momento:

— Linha? Eu sou um ignorante. É a primeira coisa que escrevo.

Acredito que a simpatia de Fontana decorreu do fato de eu não lhe fazer qualquer sombra. Encheu meu copo:

— O que você tem lido?

Mara me olhou ansiosa — a infeliz realmente apostava nas minhas qualidades. Vamos lá, menino! Mostre de quem você é aluno!

— Eu?! Eu ... Eu li muitos policiais, Agatha Christie e... Li também um livro do... do Harold Robbins e... Ah, Júlio Verne, um tempo atrás. Hoje em dia estou lendo Sófocles, por sugestão da Mara, e O'Neill, e...

Mara crispou as unhas na minha perna: com certeza eu estava enterrando para sempre meu futuro de escritor. Fontana agora era o general absoluto da mesa. Me remoí de ódio, entre outras razões porque eu tinha lido muito mais do que dissera. Afinal de contas, a troco de quê submetia-me àquele inquérito ultrajante?

O mestre sorriu da minha bibliografia capenga e meteu novamente os olhos no conto, atrás de defeitos. Bebi mais.

— Posso dar uma sugestão?

— Claro.

Amargura azeda no peito, vi a Imortalidade e o seu séquito de Glórias desprezando-me para nunca mais.

— Você precisa trabalhar a linguagem. Enxugar o texto, sabe como?

Fiz que sabia, já olhando a porta da saída.

— Por exemplo — e Fontana selecionou um parágrafo com a unha. — Ouça isto: *Nas ruínas despedaçadas da cidade, descia um crepúsculo de chumbo e ouro.*

Fitou-me, quase sorridente, à espera de que confessasse o crime. Virei um ouriço:

— Que é que tem?

Mãos me agarrando o joelho, Mara aconselhou, pressentindo um estouro próximo:

— Preste atenção, meu amor, que ele entende do riscado...

Fontana largou a página:

— Me desculpe, mas está muito ruim. Começa pela aliteração: *despedaçadas da cidade descia*. Soa mal, não soa? Depois, a redundância: *ruínas despedaçadas*. Perfeitamente dispensável.

Meu rosto começou a queimar. Não suporto críticas: todas são destrutivas. Não suporto o mínimo arranhão aos meus gestos, falas, obras, pensamentos, atos — a nada. Não posso tolerar o erro, passado, presente, futuro, consciente ou por acaso. Não admito reparos; sou perfeito. O leitor não é?

Indiferente ao meu desespero — quero morrer — Fontana prosseguia com requintes de crueldade e paciência:

— Até aí, tudo bem. Se a gente procurar, até a Clarice escorrega de vez em quando. Mas o último trecho, por favor, não me leve a mal, mas é um horror: *crepúsculo de chumbo e ouro!* Um ranço, parece coisa do Coelho Neto, do Josué Montello, do pior Alencar, do...

— ...do José Sarney — completou um dos Artistas, um barbudinho calhorda, explodindo numa gargalhada que Fontana reprimiu a custo.

Para um início de carreira, foi o suficiente. Recolhi meu opróbrio da mesa, consegui dar um sorriso — sou vendedor, tenho que sorrir — e me arranquei, Mara atrás de mim feito carrapicho.

— Que grosseria você me apronta!

— O Fontana que vá pra puta que pariu.

Continuei a andar, fumegando. Uma injustiça: hoje reconheço que aquela foi a melhor aula de literatura de toda a minha vida. Na praça Osório ela me puxou com força:

— Calma, meu amor. Calma!

— De que lado você está?

— Do teu, é claro. — Parei, superior, com vontade de chorar. — Mas calma. No começo é assim. — Me beijou a boca, um escândalo na rua. Puro interesse: — Não vamos brigar por besteira, logo agora que está chegando o dia da estréia.

— *Crepúsculo de chumbo e ouro*. Você não acha bonito?

— É claro que é. Ele não entendeu.

Decidi, fervoroso, nunca mais mostrar a ninguém nada do que escrevesse. Foi preciso a tragédia — e a exigência — de Pablo para eu exumar minhas letras. Abraçados, contornamos a praça, enquanto descia na Curitiba em ruínas um crepúsculo de chumbo e ouro.

Dois ou três meses depois do empréstimo, Pablo reapareceu. Estava mais gordo, mais saudável, otimista, feliz, orgulhoso, inflado — foi o Pablo mais semelhante a um ser humano (pelo menos a um certo modelo do que todo ser humano deveria ser) que eu jamais conheci. Tanto entusiasmo não era para menos: havia acabado sua casa, sua grande obra. Mal abri a porta do apartamento, ele já arrancava do bolso uma estampa fora de foco:

— Minha casa.

Era um barraco simpático, cheio de penduricalhos, cores e entalhes, pedras e varandas. À margem da foto, reconheci o vulto invejoso de Dunga, boca aberta, talvez mascando chicletes. No lado oposto, Pablo apoiava-se na casa, sem camisa, braço estendido, como a provar sua solidez — dele e da obra. Pã tocava flauta agachado em primeiro plano, enquanto Toninho beijava a boca de Paula (ou algo parecido) no esquadro de uma janela.

— Vim levar a Carmem. Queria que você fosse o padrinho.

— Vocês vão casar!?

— Pretendo me juntar. Dá no mesmo.

— Já falou com ela?

— Não ainda.

Tanta certeza me impressionou. O que me assombrava era a simplicidade do método, que ele ia desdobrando dedo a dedo:

— Primeiro vou ver a família em Paranaguá. Amanhã ou depois encontro a Carmem, e de noite festejamos. Que tal?

Perfeito. Se eu tivesse esse mapa futuro impresso na cabeça talvez vivesse com a Dóris até hoje. Penso e peso o rompimento, o momento final, e continuo sem compreender por que nos separamos — ou por que eu detonei a separação. Mas ainda não é isso: é por que aconteceu *daquele* modo, tão estupidamente, sem dignidade. Não merecíamos um fim de festa tão tosco. A falta de filhos, minha mãe, o cheiro de incenso, tudo isso são miudezas, têm que fazer parte da vida, porque não estamos numa redoma asséptica. Vivemos na poeira, no resfriado, na chuva, na foice, no suor, no medo, no arrepio. Vivemos nos esbarrando bêbados e burros, tagarelando sem propósito. Mesmo assim, deveríamos contar com uma breve margem de segurança, que não nos quebrasse tanto.

Mas é isto: não há outra vida sobre esta vida, apesar das teses do Doutor Lineu. Não podemos passar o tempo a limpo, feito caderno escolar. Cada segundo tem uma essência irremediável, uma definitiva frieza, uma mecânica sem nervos. Abro a porta e a porta está aberta, *para sempre*. Posso fechá-la, dar as costas, fingir que não vi — mas o diabo é que eu abri a porta e o fato eternizou-se. A quem é dado o controle do imponderável? Quando não temos recursos, que recurso temos? E tratava-se — o que me dói mais, o que me deixou incompleto — e tratava-se de uma dúvida assombrosamente ridícula: Dóris estava beijando aquele indivíduo? ou apenas acendendo o baseado, cara a cara? Ou cochichavam alguma coisa sem importância, depois de um riso idiota sobre um quadro torto na parede? Uma dúvida, é claro, do meu tamanho.

Eu tive (tenho) vergonha de perguntar. Porque Dóris me olhou sem culpa, sem tremor, sem disfarce, numa branca limpeza:

— Este é o Perez — ela me disse, e tossiu convulsiva.

No mesmo instante, Perez — o nome é um súbito bater de pratos na orquestra — rolou de rir no colchão, olhos em lágrimas, até dizer com esforço:

— Tudo bem, cara?

Fosse o leitor um neurótico, como eu, também não acharia graça. Estavam vestidos, estavam de acordo, é verdade. Era apenas (quero crer) um ritual naturalista de conjuminâncias cósmicas. Nada de posse, egoísmo, forca no colarinho. Porque o homem e a mulher, o leitor deve saber, são yang e ying, céu e terra, de acordo com o Creador Brahma, os Relativos do Devir, e Lao-Tsé, representado pelo Tei Gir, o Círculo Perfeito. Tudo isso eu já sabia das preleções de Dóris. Repito-as aqui não por ironia, mas na esperança inocente de que a magia mesma destes sons me ilumine; as palavras devem servir para alguma coisa concreta. A Tese Cósmica atravessa as Antíteses Telúricas e chega à Síntese Cosmificada — provavelmente os dois agachados no meu colchão em meio ao fumo. Que fazer? Ora, eu devia Agir Não Agindo, um dos paradoxos creadores das Leis Cósmicas. Ou então, seguindo os preceitos do Bhagavad Gita — que Dóris me jogou na cara antes de ir embora, para sempre — eu deveria substituir o vikarman pelo naiskarman, que é o reto-agir. Mas, desgraçadamente (e até hoje me pergunto o que aconteceu), mergulhei na falasanga, o falso-agir, ignorando meu próprio Atman.

Eu não me lembro de quase nada do que disse. Mas estava tão repleto de ódio e de tontura e de ânsia de vômito que o Demônio fez uma farra comigo. De uma coisa tenho certeza, e ainda hoje sinto o eco devolvendo o urro: chamei Dóris de puta, uma ofensa que Mara nunca ouviu. Fui baixo, mas eficiente. Perez interrompeu a viagem divina e saiu de quatro, e Dóris desceu à terra:

— Para mim, chega!

No momento, achei que para mim também chegava, vivendo um alívio bronco. Mas restou um vazio, que passou por Dóris, atravessou Mara e hoje flutua pacificamente em Glorinha, à espera de uma chave. O pior não é o fracasso visto de longe, feito bicho de estimação; este a gente resolve, transforma, pinta e borda a gosto. Disponho de um arsenal de justificativas, e ao cabo delas sou uma estátua de bronze fincada na praça. O pior são os minutos, é a gosma do momento, foi, por exemplo, enfrentar minha mãe, voltar a ela com o rabo entre as pernas, ouvi-la dizer (sem dizer) que ela sim, minha mãe, é que estava certa desde o começo. A vida é azeda.

Além de Glorinha, meu silencioso oráculo, que beijo milhares de vezes por dia, tenho ainda o futuro de Pablo para apreender. Admiro nele essa capacidade de renascer da mais negra miséria e começar tudo de novo, quando todas as forças do universo — paciência se esgotando — convidam-no delicadamente a acabar de vez com esta comédia. Mas ele resiste. A questão é que a vida nos dá um prazo curto para a redenção: tantos anos, tantos meses, tantos dias — e num momento a conta deve ser saldada. Suponho que seja assim; um vício de vendedor. A desgraça é que, premida pelo tempo, minha cabeça se atropela. E, afinal, a quem devo prestar contas?

O projeto de Pablo era impecável, mas unilateral. Mesmo assim foi muito longe, se consideramos que escolheu a mulher errada. Não gostei de Carmem à primeira vista. Tinha sardas, como Paula. Sempre que vejo uma sardenta sinto ganas de esfregá-la com uma escova de aço e detergente — alguma fixação de infância, segundo Mara, ostentando o rosto de seda. (Outra fixação, sempre repetida e nunca engolida, era o meu suposto horror a mulheres, que ela definia com um título portentoso: sou um *misógino*. Daí para chegar à minha mãe, coitada, era um pulo.)

Carmem cumpriu à risca o seu papel na tragédia. Quando Pablo bateu à sua porta — ele quem me conta — ela jogou-se nos seus braços, morta de saudades, e deu um beijo que definitivamente sugou-lhe a alma. Carmem era ainda um belo corpo, uma exuberância despachada, ainda que tocada levemente pelo pó do abandono: um certo relaxo, filigranas nos olhos, postura demasiado solta, sem densidade. Imagino em Pablo, neste reencontro, uma sombra de decepção. Era um grande herói que estava diante dela, um homem renascido do inferno, um cidadão fora de cogitações, que pouco a pouco reerguera-se, tábua a tábua, obstinado, teimoso, trágico no seu absurdo planejamento, na sua vida a dois estabelecida por conta própria — era um monumento de granito que batia à porta de Carmem. Vejo-o com cinco metros de altura, cicatrizes e medalhas no enorme peito suado; *eis-me aqui*, como Jeová no deserto, a voz que súbita nos põe de joelhos.

Mas, além do beijo paralisante, houve apenas a cortesia de algumas cervejas na esquina, os mexericos da saudade, os "mas me conte" e "não me diga" — nada de foguetes estourando, nenhum delírio de rasgar a roupa, nenhum êxtase inefável, nenhum mergulho dionisíaco.

Posso adivinhar que Pablo vacilou torturadamente entre o azedume e a felicidade — mas, ao fim das contas — não era nem uma coisa nem outra que estava em jogo, mas a simples, metódica e preestabelecida consecução do seu plano, àquela altura (ou desde sempre) sua panacéia universal. Daí a paciência; já bebiam cerveja e ele não tinha ainda posto na mesa seu grande trunfo, a pedra da alquimia que transforma mendigos em querubins, representada naquele momento por uma estampa fora de foco de sua obra, a porta do Paraíso. Isto sim, haveria de derrubá-la, fazê-la cair em si, perceber a medonha extensão do amor de Pablo — e haveria de dar profundidade àquela alegria meio leviana de quem simplesmente revê um amigo morto. Suponho (continuo supondo, porque Pablo é seco) que, enquanto a mão esquerda levantava o copo, a direita suava a foto no bolso, estoicamente resistindo ao impulso do mostrá-la, de chorar, de se esvair — como se de repente uma ponta diabólica de suspeita insinuasse o malogro total, a volta à estaca zero, o grau absoluto de fracasso: Pablo sempre viveu no limite.

Mas quando a conversa — um amontoado pueril de novidades — tocou o futuro, Pablo beijou Carmem e colocou a foto diante dela.

— Que barato!...

— É minha. Quer dizer, é sua. *Vim te buscar* — e, enquanto os olhos de Pablo se enchiam d'água, ele todo retesou os músculos, na extremidade do medo.

Carmem balançou a cabeça, já comovida; mas ainda levou algum tempo para entender perfeitamente a importância daquele instante. Um susto; um susto agradável; um susto deliciosamente agradável. Peço a ajuda do leitor; talvez Carmem tenha aceitado a proposta por brincadeira — ela nunca foi séria. Ou para não magoá-lo, como homenagem à ressurreição. Ou porque a tensão de Pablo era tanta (nas mãos dadas) que não permitia recusa, sob pena de morte. Ou quem sabe (as mulheres são loucas) porque o amava.

Só tenho um problema na vida: não sei quem é meu pai. Foi o único segredo que resguardei de Mara. De um lado porque ela acabaria por me trucidar com um filé desses; de outro porque é uma questão emparedada há muito tempo. Se eu tivesse maior intimidade com minha mãe — somos ariscos — poderia esclarecer de uma vez. Para mim o assunto estava morto até a chegada do Doutor Lineu; mas, na vigésima visita dele, quando comecei a ouvir insinuações de mamãe de que seria ótimo eu morar sozinho, surgiu de algum porão da memória a possibilidade absurda de ele ser meu pai. Tanto maior a suspeita, maior o pânico. Porque se o Doutor Lineu for meu pai meu fracasso terá chegado à essência.

Quando relatei a Glorinha minhas suspeitas, num momento de fraqueza (e desejo de ser amado ainda mais), ela deu uma risada gostosa:

— É mesmo?! Parece coisa de novela!

Melhor assim: rimos juntos, e subi bastante no seu conceito. Se confessasse à Mara, ela diria que isto era o limiar da psicose, e que daí para frente só me restava a camisa-de-força. Mas não estou louco — aliás: o que me estraga é o excesso de lucidez. A desconfiança foi repentina, confesso, porém sólida. Percebia um ar de intimidade entre a velha e o velho que cheirava a naftalina, a guarda-roupa fechado muito tempo. Ato contínuo, passei a ver o rosto do Doutor Lineu no espelho do meu quarto, e se há alguma coisa de que não nos livramos jamais é o espírito da face. Principalmente a testa, um certo encurvamento de ossos que denuncia a mesma fôrma. Ainda hoje descubro nele uma ânsia de gentilezas, olhares demorados, lá no fundo uma dúvida, como quem quer saber de que reencarnação vem este jovem; e, em mamãe, uma agonia secreta quando estamos a três, uma contida precipitação. E por que diabo queria tanto que eu saísse de lá? Neste tempo, com freqüência eu a ouvia chorando em solidão, nas madrugadas.

Espantosamente, não queria mais saber de mudanças, embora o Doutor Lineu insistisse, discreto, que o Seminário é o melhor bairro de Curitiba — onde por acaso ele tinha apartamento próprio. Chegou inclusive a me pedir que convencesse mamãe, que atrevimento! Em duas semanas já era da casa: abria ele mesmo a garrafa de licor, e diariamente solicitava permissão para ler meus escritos (com disfarçado orgulho). Resisti, e resisto. Ser filho do Doutor Lineu, minha chave de ouro!

Por felicidade, é nos períodos de depressão que ganho mais dinheiro; as crises me dinamizam. À falta de segurança moral e afetiva, quando naufrago num rodamoinho de fracassos, apego-me à clareza cristalina dos negócios. Uma mecânica simples: toma lá, dá cá, assina aqui, assina lá, conta-se o dinheiro, respira-se aliviado — eta vida boa! — e come-se uma pizza na Rua das Flores. Comprei terrenos, revendi com ótimo lucro, apliquei parte em ações do Banco do Brasil (uma barbada), com o resto troquei de carro, passado adiante uma semana depois. Havia outro estímulo (ou disfarce) para tanto dinamismo e usura: Pablo, que precisava do meu auxílio —

investir no Éden exige capital. Mas a razão verdadeira (não me iludo), em particular depois do tombo de Mara, era o terror da miséria: pelo amor de Deus, qualquer coisa, menos a pobreza. Principalmente quando minha mãe me abandonava, quando me via sem mulheres e sem amigos, triturado pela angústia. Talvez esse período — pouco antes de Glorinha — tenha sido a fronteira da idade adulta. Mara dizia: *Você não cresceu. Mas ainda há tempo.*

Evidente que eu não tinha crescido. Só uma criança imbecil como eu poderia financiar aquela peça vislumbrando o lucro — e a glória, eu estava arrogante. Produtor teatral! O meu nome impresso no programa (que pessoalmente fui buscar na gráfica, dois mil exemplares pagos à vista, dos quais não usamos mais de cem) me deu calafrios ególatras, o mesmo delírio que senti ao me ver na coluna de Dino Almeida, numa nota de três linhas. Fizemos (ela fez) tudo certo: divulgação em jornais, faixas gratuitas de coca-cola penduradas na cidade, entrevistas do Marquinhos na Globo (edição local), bônus para estudantes, cartazes e o diabo.

No sábado da estréia — eu de *smoking*, um puta cravo na lapela — Mara desfilava no *hall* do Guairinha, magnífica, saborosa, imponente e natural como um manequim cosmopolita. Que dentes! Eu, mais realista, contava os espectadores: cinqüenta e dois, sendo vinte e sete convites e o resto em bônus. Apareceu também um casal que, antes de comprar o ingresso, perguntou se era ali o show do Jô Soares. Não ficaram. Logo no começo do primeiro ato, o ator principal escorrega e cai de bunda — vazaram risadinhas na platéia. Encolhido numa poltrona da última fila, segurei o choro — era choro de verdade me estrangulando a garganta — enquanto Mara apertava contrita as minhas mãos.

— A estréia é sempre assim, meu amor.

No final, quando um dos espectadores aplaudiu de pé (era irmão de alguém), Marquinhos sofreu uma crise nervosa e quebrou dois espelhos do camarim, que eu tive de pagar.

Domingo, a freqüência caiu para quarenta ingressos. Na segunda não houve espetáculo. Terça-feira, enquanto Mara se espantava com a ausência de qualquer crítica nos jornais — nem para meter o pau — surgiram quinze pessoas (doze convites); na quarta, três otários, e só. Na quinta-feira, finalmente, não apareceu ninguém. Encerramos de vez a temporada e o circo de horror.

Saí do Guaíra abraçado com Mara, pronto para beber até de manhã cedo, lavar a alma, recolher-me a uma ilha deserta e abandonar os prazeres deste mundo. Restava o pequeno consolo de tê-la, quentinha, ao meu lado, naquela noite fria. Mas nem isso, ela era um espírito prático:

— Apesar de tudo, foi uma curtição, né? — Antes que eu discordasse, ela continuou: — Agora *precisamos* pagar o pessoal, e pronto. Estamos livres. Acho que valeu como...

— Precisamos o quê?!

— Pagar o pessoal, meu amor. Foram noventa dias de ensaio. Pô, eles batalharam *mesmo*.

— Mas porra, essa merda não rendeu nada!

— Eu sei, eu sei. Foi um risco calculado. Você sabe, não é fácil levar o povo ao teatro, e... — Tirou uma papelada da bolsa, conciliadora, delicada: — Ó a cópia dos contratos, não podemos deixar a turma na mão, pô! Eles são profissionais, afinal de contas vivem disso, e...

Virei um troglodita:

— Pois eu não vou pagar bosta nenhuma, caralho!

Ela ainda me deu uma chance, fingindo não entender:

— O quê?

— Não vou pagar bosta nenhuma! Só isso! Enfiem o contrato no rabo!

Faltou o *eles*, faltou deixar claro que eu ainda imaginava Mara comigo contra o resto do mundo. Em cinco segundos, o maior espanto da minha vida: ela se transformou numa fera, dentes, olhos, sobrancelhas, nariz, num espichar crescente de formas:

— Escuta aqui, seu canalhinha, você me respeite, porque se você está pensando que...

Aterrorizado pela metamorfose, o lobisomem fêmea me dava de dedo em plena praça Santos Andrade à meia-noite, desfiei uns palavrões sem convicção, joguei-a num táxi — para os curiosos tratava-se de um gigolô despachando uma pistoleira — e voltei para casa. Para a casa da minha mãe.

Ao invés de enfiarem o contrato no rabo, como seria justo, levaram-no à Justiça do Trabalho, onde a muito custo arranjei um acordo que reduziu minha falência à metade. Em uma semana de ruminações, não conseguia entender o tamanho da minha burrice, da minha grossura, da minha ingenuidade, da minha estupidez, da minha falta de tato, da minha babaquice, da minha safadeza e — caralho, porra, filhos-daputa — do meu amor. Saindo do prédio onde além de tudo levaram o meu dinheiro, esbarrei com Mara, sem pintura, uma viúva negra:

— Meu amor...

Fechei os olhos e a alma: desta vez não me enganavam.

— Se eu te vejo outra vez pela frente, te meto a mão na cara.

Parece que a luta inteira é transformar as mulheres em seres tangíveis. Acontece assim comigo, e aconteceu com Pablo: transformar Carmem num semelhante. A tragédia de Pablo me obceca — e não tanto pela minha dose de culpa, embora também presente: a maldita insinuação quanto a Dunga, o breve sussurro da intriga sempre pronto a criar realidade.

Mas há outro motivo, maior: a essa altura, só posso me compreender em Pablo — se eu decifrar sua trajetória, entenderei a minha. A desgraça é que não temos nada em comum.

Fui padrinho de um casamento estranho. Bastaram meia dúzia de cervejas naquele fim de tarde para que o acordo fosse selado. Nada me tira da cabeça que aquilo, para Carmem, era apenas uma curtição a mais: transar umas férias na Lagoa da Conceição, vida primitiva, contato com a natureza, essas coisas cativantes da juventude. Mas, para Pablo, o casamento significava a sagrada consumação do seu projeto de vida. Estavam muito fechados, cada um no seu mundo, para sentirem a fronteira entre a solta alegria de um e a opressiva obstinação de outro.

À noite, fomos ao Solibar — sugestão de Carmem. Como Dóris, ela também não pintava o rosto, mas estava particularmente bonita, uma beleza transparente, de quem — digamos — de quem ama. Além de casamento, era um cerimonial da saudade: relembravam tempos antigos, labaredas vivas.

— O Pablo era muito possessivo! — Beijava-o, resplandecente no vestido branco. — Confesse!

Pablo concordava, severo, numa felicidade tão brutal que tocava o desespero. Escolhemos uma mesinha de canto, ajeitando cadeiras e pernas no espaço exíguo, acendemos cigarros na aflição de não deixar nenhuma fresta do tempo no vazio, e pedi vinho branco, seco, para comemorar o reencontro e a vida nova. Pablo estava soberanamente enlevado, num silêncio grave, o de quem consegue remover todos os entulhos e subir a um máximo de grandeza. É possível que, depois desta noite, nada mais lhe importasse; o limite era uma espécie de morte, de congelamento vital. Se seu objetivo foi somente a posse — algo que estava fora dele — então a conquista representou um melancólico fim.

— Aos noivos! — brindei.

Beberam e se beijaram, ele prestes ao choro, ela numa alegria faceira, como quem compra um ingresso num parque de diversões. De cada três pessoas que entravam no bar, duas conheciam Carmem — na maioria homens. Alguns cumprimentavam de longe (pesquisando Pablo), outros trocavam beijinhos, inclinando-se sobre cadeiras e cabeças. Pablo suportava dignamente as apresentações sumárias:

— Esse é o Pablo, meu namorado.

— Tudo bem?

— É isso aí.

De maneira que não conseguimos falar longamente sobre nenhum assunto. Fiquei sabendo apenas, aos fragmentos, que Carmem era filha única, como eu; que seus pais viviam separados há muito tempo; que desistiu da faculdade de jornalismo; que a família tinha algum dinheiro, o suficiente para que ela não fizesse nada na vida além de excursões à Ilha do Mel, viagens eventuais para o Rio de Janeiro, e cursos de jazz. Descobri também que ela era levianamente benquista por muita gente, que amava os shows da Gal Costa e semelhantes, que devia beirar os trinta anos, e que, quando ria, arreganhava todos os dentes e jogava a cabeça para trás, como quem leva um choque. Das sardas eu já falei; resta declarar que ela não olhava ninguém nos olhos por muito tempo e tinha um jeito preguiçoso (irritante) de conversar. O hábito de passar os dedos nos braços da pessoa com quem falasse, ou de lhe ajeitar o colarinho ou botão da camisa talvez não seja digno de nota — mas tenho certeza que Pablo percebia, engolindo em seco. Finalmente, posso arriscar (embora isto seja absoluta suposição) que Carmem já devia ter feito uns dois ou três abortos na vida.

Ao fim de duas horas e três garrafas de vinho senti que o ambiente estava perigosamente tenso; com delicadeza, sugeri que saíssemos, sob pena de Pablo antecipar a tragédia. Havia gente demais, fumaça demais, suor demais para tão pouco espaço. Três vezes Pablo voltou-se, conferindo a origem de algumas cotoveladas involuntárias. O ar abafado acelerava o álcool e as pequenas irritações, as que nos matam. Ficamos alguns minutos dolorosos sem assunto, tirando e pondo palitos numa caixa de fósforos; parece que a História se esgotava nesse instante e caímos num vácuo medonho, o de quem encerrou todas as possibilidades — e no entanto era um casamento.

Sempre recordo a cena de Chaplin, patinando alegre e cegamente à beira do precipício. Digamos que Carmem era assim. Pouco antes de sairmos, ela foi ao balcão despedir-se da proprietária do bar, um simpático rosto de índia. Formaram uma roda feliz de homens e mulheres, tagarelaram e riram. Vi na face de Pablo, de costas para o balcão, o que ele pressentia contraindo os maxilares, sem falar nem piscar, enquanto as risadas chegavam até nós pela fumaça e calor. Houve despedidas, abraços fervorosos de mocinhos barbudos, muitos beijos e risos — e um Pablo soturno petrificava-se na cadeira.

Há momentos em que sinto falta de grandeza. Uma sensação quase física: grandeza mesmo, sinto falta de maior altura — tenho apenas um metro e sessenta —, sinto falta de força muscular, de maior resistência, lamento em mim a incapacidade de ficar uma semana sem comer ou dormir, tremo de medo à simples possibilidade de me atirar de cabeça em alguma coisa que apaixone, como borboletas, mulheres ou a salvação final da humanidade. Estou cheio de teias que me puxam não à terra, mas para uma mesmice melancólica e segura. Tanta coisa! Um milhão de caminhos espinhosos e fascinantes e enriquecedores e absurdos, e no entanto escolho apenas os moderadamente difíceis, aqueles que arranham pouco, só o suficiente para eu me iludir com uma pálida sensação de dever realizado.

É isso: falta de grandeza. À exceção do repouso de Glorinha, que eu beijo, devoro, mordo e amo, todos passaram por mim — Dóris, Carmem, Mara e Pablo, principalmente Pablo passou por mim, como se ele não tivesse outra coisa a fazer na vida senão me esmigalhar com o seu contra-senso — todos, inclusive Pã, alguém que ficou grande à custa de uma flauta de prata, até o filho-da-puta do Dunga passou, torto e estúpido e fazendo sombra — e cá estou eu, depois de tentar resolver o problema de minha mãe (que nunca teve problema) para não precisar enfrentar a mim mesmo.

Que importa se eu tenho ou não tenho pai! Com certeza há todo um horizonte de realidades mais altas — mas parece que só os cegos ou os loucos (ou as duas coisas juntas, como Pablo) conseguem arrebentar a machadadas esta miséria gosmenta para se encontrar, face a face, com a Grandeza. Há um excesso terrível de coisas pequenas demais em nosso dia-a-dia. Preciso escovar os dentes, uma gravata suja me tira o sono, que fazer de um carburador entupido num feriado, por que diabo Fulano não me cumprimentou, onde merda enfiei a conta da luz? Não há um remédio cem por cento seguro contra frieiras. Vivo perdendo pentes e abotoaduras na hora errada. Irrita-me esta paciência minuciosa, tolerante, diabólica, este cérebro de formiga contando os passos no tempo, esta absurda necessidade de compreender os outros, de não mijar — nunca! — fora do penico. A humanidade inteira está olhando para mim. Pagaram ingresso, exigem o espetáculo, estão prestes a me vaiar estrepitosamente.

Não vejo mais nada no espelho — nem mesmo a carcaça ridícula do Doutor Lineu. Minha mãe prescindiu delicadamente dos meus cuidados, já fez tudo que tinha a fazer para me salvar. Mara continua chupando iogurtes e refrigerantes na televisão, montada nas próprias coxas. Dóris galga os degraus da sabedoria búdica, e hoje é capaz de olhar uma árvore e apenas olhar uma árvore, como quem morre-nasce. Pã foi para a Bahia, onde com certeza (terá descoberto a magia do dinheiro?) crescerá aos limites, no som de prata e pássaro — este já nasceu salvo. Dunga ergue sua casa piramidal, de cuja sala contemplará as delícias do mar e do azul, através do vidro fumê — morreremos de inveja do Paraíso, tão fácil!

Logo abaixo, a tapera do caseiro, Pablo, que pegou dezesseis anos de cadeia, graças à habilidade do seu advogado. O promotor, brandindo as fotos de um corpo esquartejado, por si só a evidência de um Campo de Extermínio, pediu o Inferno, e pediria pena de morte, se pena de morte oficial houvesse. E Carmem está morta.

Não é preciso falar dos destinos mais corriqueiros, como os de Toninho e Paula, que se separaram a tempo, ele para dirigir uma peça infantil no mesmo teatro onde ergui meu Grande Desastre, e ela para vender brincos e pulseiras nas calçadas da rua XV. Suponho que às vezes se encontrem e se olhem com aquela frieza viva dos que chegam muito perto e não conseguem se tocar.

E eu? Eu estou aqui, encolhido em Glorinha, numa surda imobilidade, contornando o abismo de Pablo, de costas para o meu próprio abismo, ou, pior, minha falta de penhascos. Plano, reto, ensaboado e oco — uma lisura sem marcas. Não bastou que eu não fizesse nada — era preciso também que eu não tivesse qualquer crença, para o vazio me povoar sem pesadelos. E no entanto Pablo renasce, mais uma vez, levantando as asas enormes do desespero para outra espécie de vôo. Outra porta que se abriu e não havia mais retorno: ali estava Pablo, em Curitiba, no meu apartamento, hóspede do medo, abrindo o casaco sujo e mostrando a camisa ensangüentada e seca, como as chagas milenares de um Cristo sem prestígio nem futuro. Jogou-se sobre mim num abraço de pânico, pânico, pânico. Lembrei absurdamente do dia em que, avançando pelo asfalto de Barra Velha, encontrei céu e mar — com aves e vento — e pensei ter descoberto alguma chave.

— Você precisa de um bom advogado. Conta comigo, Pablo.

— O que eu preciso é de cinqüenta anos de cadeia. —
E depois de um silêncio longo: — Preciso de uma última
chance.

Rememorando os fatos (sempre com medo de tocar a me-
dula) parece que a tragédia nos escolheu desde o início —
escolheu Pablo para vivê-la e a mim para relatá-la. Era uma
preparação cega. Quando despachei os recém-casados na rodoviária, tive a sensação de um dever cumprido: o resto não
era mais da minha conta. Da doce inveja de Pablo — ele tinha do que se orgulhar na vida, a platéia que pagara entrada
só poderia aplaudi-lo, que belíssima trajetória! — passei ao
estímulo suave de salvar agora a minha própria pele. Talvez
eu pudesse continuar vendendo carros e terrenos, e mesmo
assim tornar-me Grande. Agora a solidão era estimulante:
procurar alguém, para então continuar. Um ser vivo quer
outro ser vivo para criar um terceiro ser vivo. À falta de Razão — Cultura, ou Crença, ou Fé — restava-me o consolo
da Biologia.

Comecei a procura no outro dia. Não esperei muito. O destino me fez levantar cedo naquela manhã sombria em que a
única coisa que me pareceu lógica seria a compra de fazenda
para uma cortina da minha nova quitinéti. Fui para o centro
de ônibus e me refugiei do chuvisco numa loja de turco da
Dr. Muricy. Quase comprei dois metros de pano — e então
estaria onde sempre estive. Mas o destino (ao mesmo tempo
que tramava as coisas do lado de lá) me convenceu de que o
estampado era feio e o preço alto. Atravessei a rua. Ali estava: CASAS PERNAMBUCANAS. Mas fui convencido de que deveria tomar café na Boca, antes de qualquer coisa. Fui. Outro
atraso: um vendedor de loteria me segurou trinta segundos
tentando me passar um final dezessete. Como gosto do sete,
comprei o bilhete, depois de relutar outros trinta segundos.

Não houve fila no café; seis milhões de circunstâncias simultâneas, desde que o homem apareceu na terra, e mesmo antes disso, e antes ainda, contribuíram para que eu erguesse a xícara e avistasse uma mulher parecida com Carmem, que evidentemente não era ela. Pensei em Pablo, tão bem casado, no êxtase de seu final feliz, pobre faminto e belo em frente ao mar com seu amor, acendi um cigarro e bordejei no calçadão da XV, feito bosta n'água, deliciosamente melancólico, como alguém que se contrai para dar um salto olímpico, em câmara lenta, e recomeçar tudo. Olhei uma que outra vitrine, ponderei a hipótese de tomar uma vitamina no Savóia, por um triz escapei do fliperama (tinha uma ficha no bolso) e acabei descendo novamente a Muricy. Quem sabe eu atravessasse a rua? Parei, olhei, fileiras de ônibus e carros, buzinas e guardas — nem cheguei a desistir, voltava o chuvisco, olhei para trás e entrei nas Pernambucanas. Comprar logo aquela merda de cortina.

— Pois não!

Todos os dentes, cabelos curtos e negros, canelas finas. O rosto, se tratado, seria melhor que o de Mara. Um pouco gorda, mas era impressão da saia e do uniforme. Na lapela, GLORINHA. Uma Glória do meu tamanho.

— Cortina. Quer dizer, pano pra cortina.

Enrola e desenrola pano. Mãos delicadas esticando a fazenda, apontando desenhos. Lá no fundo uma safadeza.

— Você sai que horas, Glorinha?

— Às sete.

— Te levo em casa.

— Na minha ou na sua?

Rimos.

— Você escolhe.

— Então na minha, que é mais seguro.

Saí dali sem cortina, trôpego, ébrio, fulminado, cego, estúpido e feliz: o efeito maré. Que Dóris porra nenhuma, que Mara o caralho! Essa putada — minha mãe também, e mais o Doutor Lineu, apombalados no Seminário — essa putada toda ia ver do que eu era capaz. Passei o dia assobiando e tomando banho e escovando os dentes. Certeza absoluta de que Glorinha nunca tinha ouvido falar de Bagwan, de que comia carne com mostarda e pimenta e de que confundiria Freud com algum jogador de futebol. Pois não tem um Sócrates? A salvação da alma, para ela, talvez fosse apenas um bom homem — como eu, por exemplo. Me olhei quatrocentas vezes no espelho. Limpo, barbeado, escovado, penteado. Sou bonito! Casados, poderíamos visitar Pablo e Carmem nos fins de semana. Eles viriam para Curitiba outro tanto. Carmem e Glorinha, grávidas, planejando o futuro, conferindo lojas onde se compra barato, as liquidações. Eu e Pablo bebendo cerveja na mesa da varanda — de alguma varanda. Tanta memória! Lembra daquela, Pablo? Sabe que no fundo eu achava que tua comunidade ia dar em merda? Quá quá quá! Porra, bicho. Eu tinha grilo pra caralho. Glorinha, traz outra! Mas porra!, da gelada! Carmem, barriguda, apalpa os bolsos de Pablo. Me dá um cigarrinho. Só um, Pablito! Vê lá, tá envenenando o guri já antes de nascer. De fodido chega eu. Beijo Glorinha na boca, trinta vezes. Mas pô, cara. Por que você não vem duma vez pra Lagoa? Destampamos outra garrafa, seguro pelo gargalo pra não congelar. Garoa fina em Curitiba. Daqui vemos os prédios, a névoa do céu, o recorte de antenas, e não há anúncio de nenhuma tragédia. O mundo está tranqüila e pacificamente no seu lugar.

Às seis, ao descer do prédio, dou de presente ao porteiro um velho rádio de pilha — ele vive reclamando que não pode ouvir os jogos, a mulher está doente, o filho se meteu em encrenca, a filha fugiu de casa. Prometo pilhas novas, ele sorri, abre a porta para mim, agradece vinte vezes. Quem sabe o Coritiba ainda se classifique?

Pego Glorinha às sete, ela leva um susto:

— Então você veio?

À noite, é ainda mais agradável. Meu olhar aperta-lhe os seios: durinhos! Depois de tantos e tantos e tantos anos de vida, sinto pela primeira vez o prazer extraordinário de uma namorada.

Casamo-nos sessenta dias depois, de papel passado e tudo, incluindo uma breve e poética cerimônia religiosa na igreja do Pilarzinho (à qual minha mãe recusou-se a ir e proibiu o Doutor Lineu de fazê-lo). Afora os parentes de Glorinha, somente Pablo foi convidado, mas não pôde vir, já dobrando a última curva da derrota.

A tragédia de Pablo — alguma coisa insidiosa me diz que a tragédia é de Pablo, não de Carmem — foi uma porretada que me deformou.

— Você está triste, meu amor. Muito triste.

Tenho lagartos que não saem da minha cabeça. Sinto as pequenas patas coçando-me os nervos e o sangue, e então respiro mal, e olho para trás e não vejo nada. Somente cinco dias depois da chegada de Pablo explodi num choro, não de criança desta vez, mas de um adulto sem história. Algo terrível rompendo e remoendo a memória atrás de um pequeno lance, um passo em falso que desaba. A última vez que tinha chorado mesmo, a causa era um brinquedo de corda, uma rodinha-gigante que espatifara. Um choro semelhante agora, mas ampliado: o choro, a roda, a quebra. Glorinha me recolheu e me aninhou, e depois de algum tempo ela também começou a chorar e a me apertar mais — o amor, tenho a impressão, deve ser semelhante a isso. Eu disse:

— Ele é muito filho-da-puta.

— Quem? Pablo?

— Não. Deus.

— Que horror! Não repita isso!

— Deus é filho-da-puta, é corno, é o demônio, é um grandessíssimo filho-da-puta, é...

E continuei muito tempo falando e soluçando e me purificando enquanto Glorinha me aninhava — eu dormi. Acordei sem Deus, sem Pablo, sem sonho. Principalmente sem sonho, todas as imagens queimadas, um negativo imprestável. Mas com Glorinha, do meu tamanho. Cochichou:

— Eu te amo.

A essa altura, suponho que seja o suficiente. Talvez tenha sido alguma premonição misteriosa que me jogou aos braços de Glorinha — como se o Destino, articulando a porrada, tivesse antes o cuidado de providenciar uma lona macia para amortecer a queda.

— Lembra o Dunga? — perguntou Pablo, tentando coordenar fósforo e cigarro.

Senti um calafrio.

— Pois é. Ele... se bem que... — no pânico seco, parecia que tudo aquilo significava apenas uma breve charada, coisinha à toa a se lembrar, reconstituir por que dois amigos que marcam um encontro se perdem. Atrasou o ônibus, de repente choveu.

E chovia mesmo: torrencialmente, vento sul e água, muita água morro abaixo, golfadas reconfortantes de ar frio depois de um pavoroso domingo imóvel e quente, sinistro e suspenso, um domingo em que o tempo se interrompe, em que Deus faz algum balanço enquanto nos imobiliza num terror sem inimigo.

— A Carmem subiu. Ela...

Olhos estanhados de Pablo: não me via. Que porra tinha ficado para trás? Os dedos apalpavam a mancha da camisa. Como se pesasse: que diabo era aquilo?

E Pablo voltava, e voltava, e voltava, em turnos de escorpião ensandecido: era preciso enfrentar de novo o fogo, pelo menos torná-lo palavra. Mas impossível:

— Então não sei.

A gente (eu, pelo menos) nunca sabe. Ou sabe errado, e não há tempo para correção. Sou aflito. Por exemplo. Glorinha não deixou margem, e ainda me questiono se há realmente algo para ser corrigido, quem sabe eu esteja salvo. É que tem alguma coisa dentro de mim que resiste, que resiste a se sentir bem. Não fosse eu tão desproporcional, talvez Dóris já tivesse resolvido, com respiração ioga e incenso, ou mesmo Mara, se eu soubesse sintonizá-la. Glorinha resolveu por conta própria, não me pergunta nada, nem exige, nem me enche o saco, e me esmaga delicadamente com seus braços morenos. Foi assim desde o instante em que abri a porta do fusca estacionado na Deodoro e ela se aboletou no assento como se este tivesse sido sempre o seu lugar. A miserável caixeirinha das Pernambucanas — como diz minha mãe — de língua solta e muito espírito e com freqüência assustadoramente ignorante (*Quem é o presidente do Brasil?*), que pronuncia "um copo de leitê quentê" com todos os ós e ês da escrita, e cuja única revolta é a falta de mais ônibus para o Pilarzinho, desde o primeiro momento enfiou a forca no meu pescoço.

Ajeitou o vestido sobre as coxas, num gesto e pose e pudor provincianos, e me sorriu seus dezoito anos incompletos. Pensei, iluminado: por que não? POR QUE NÃO? E enquanto eu engatava a primeira — as maiores decisões da minha vida tomei engatando marchas — já quinze anos à frente e afagando os cabelos dos meus hipotéticos filhos endiabrados que vivem a se pendurar nas minhas pernas (papai!), indaguei:

— Você gosta de *cheese-salada?*

— Adoro!

— Com mostarda e pimenta?

— Bastante! Hum!

E me olhou — ela é bonita, uma moreninha gostosa — e me olhou com uma puríssima gula de criança. Por que não? Hurra! Por que não, caralho! Prossegui, coração disparando, conferindo passo a passo o *meu* paraíso:

— Você estuda, Glorinha?

Ponta de ansiedade, medo da reprovação:

— Completei a oitava série, eu...

— Ótimo! E aposto que nunca fez psicanálise.

— *Pis* o quê?

— Hurra! Viva nós, Glorinha! Somos grandes!

— Eh... você é meio doido...

Mas me sorriu. Era a vida que me sorria. Lambuzamo-nos de maionese no *drive-in* da Sete de Setembro. Glorinha comeu sanduíches e bebeu duas coca-colas, e não achou defeito em nada, nem em mim, nem no carro, sequer perguntou se eu tinha mãe ou como eram meus pesadelos de madrugada. De repente um medo me fulminou: e se ela fosse puta?

— Você ficou quieto.

— Nada não. — Olhei-a de través, rosto verde. A semente de ódio era um furacão nascendo súbito, principalmente contra mim mesmo: por que eu não teria nunca o peso de Pablo, a segurança de Mara, a paz de Dóris? Pesquisava, a contragosto:

— Tua família não grila de você sair assim comigo?

— Se soubesse, eu estava morta. Vou dizer que trabalhei até tarde.

— Você tem hora pra chegar?

Consultou o reloginho:

— Em trinta minutos. — Enxugou os lábios com o guardanapo. — Vamos? — Uma culpa inocente: — Credo, estou abusando de você, né?

Dei uma gorjeta gorda e liguei o carro; a depressão começava a passar, lá estava eu engatando a marcha e retomando meus planos.

— Há quanto tempo você trabalha

— Dois meses.

Salvo pelo gongo: outros dois meses e talvez fosse tarde demais, Glorinha deflorada, violentada, comida e cuspida, caroço gasto de Curitiba.

— Por que você entrou no carro?

— Não sei.

Ficou triste. Não sabia mesmo. Rodamos três quadras sem falar. Quando olhei para o lado o queixo dela tremia, segurando a custo um choro sentido. Dez segundos depois, debulhou-se.

— Que foi, Glorinha?

— Nada. Deixa eu descer.

— Te levo em casa.

Não falamos mais. Eu tinha um passarinho pelado recémnascido na palma da mão e decidi não perdê-lo.

Continuamos a nos ver quase todos os dias, e eu mal tocava Glorinha. Entrei de cabeça no mito da pureza primordial. Sou um indivíduo sujo — até o plano estabelecido de casar com ela já me parecia um pequeno golpe, como quem compra um terreno supostamente desvalorizado. E tantas vezes sem carne me levaram de volta às sessões de punheta, de volta às revistas ostensivamente de sacanagem. Passei noites a fio comendo Mara e gozando na boca de Dóris — e acordando no outro dia com a mais terrível das ressacas, a ressaca moral. Se num lapso de imaginação o rosto de Glorinha invadia meus bacanais, o horror era pior ainda. Lavava dez vezes o rosto no espelho: de que porão vinha tanto cristianismo?

A verdade é que Glorinha era (e é) tesuda em todas as extensões do termo, tesuda nata, inconsciente — tocar ali me apavorava, como quem tira a tampa de um vulcão. O primeiro beijo, a duas quadras da casa dela, nas trevas da noite, durou quinze minutos, enquanto ela enfiava as unhas nas minhas pernas num crispar sem treino — quase morri de agonia.

Casar com ela, é claro. E por que não? Bastava a pergunta mágica, meu *shazan* particular — e por que não, porra! — e meu astral subia aos píncaros. E teria que ser rápido, antes que tarde, antes que o efeito maré me puxasse para as ruínas despedaçadas de toda aquela bosta. Minha euforia combinava com as cartas de Pablo, as primeiras, onde ele garatujava com a letra canhota a sua incomensurável felicidade. Porra velhão, tô tão bem com a vida que até fico desconfiado. A última, Carmem está grávida, aparece aqui, traz cerveja gelada, ando duro, e vamos beber que nem dois filhos-da-puta. Tô transando uma rede melhor, a coisa agora vai, Carmem manda beijos.

Mentira do Pablo: Carmem não mandava beijo nenhum, nossa antipatia era mútua. Mas era ter uma carta dele e eu corria para Glorinha, acariciando nos cabelos dela os cabelos do meu filho. Nestes fins de semana — pipoca para os macacos do Passeio Público, cinema de mãos dadas, passeios de carro no Parque Barigüi — Glorinha me chamava de Príncipe.

— Você parece um príncipe.

É claro que eu tinha de casar com ela. Mas mesmo na grandeza sou esperto: por que não confessar meus planos logo na primeira noite, aquela do choro? Por cálculo, reconheço — não conseguimos nos livrar da profissão. Sou um bom sujeito, apenas isso — não um anjo. Talvez — a idéia me agrada — talvez um príncipe, um príncipe magnânimo e corrupto. Este delírio esfarrapado de nobreza faz sentido — quem agüentaria nascer, viver e morrer do próprio tamanho? Às vezes, nos momentos mais dolorosos, olho Glorinha de través — ela já conhece meu cacoete e se afasta — e sinto que atingi a culminância da mediocridade. Tenho certeza de que ela não é tão bonita quanto parece ser, que a imagem é uma ilusão fugaz, aquele rosto, aqueles olhos — há um equilíbrio e uma harmonia *pequena* ali, exata, do meu tamanho. Nada de virar o mundo do avesso.

Claro, essas caraminholas alimento-as agora, um ano depois. Mas naqueles dias eu senti que a minha grande oportunidade havia chegado — afagando o rosto de Glorinha, que me beijava tão limpamente, tão sem protesto, senti que juntar-me a ela era vingar-me do mundo. Eis ali o mito da pureza primordial tornado realidade — era com o *povo* que eu me casava! Sabe lá o leitor o que é isso? Povo-povo, não o desvio artificial de Dóris, ainda que esta já tenha sido um índice da minha vocação popular. Meu casamento — e eu mudava a marcha, delirante — promoveria por si só a união das classes, redimindo minha omissão, meu egoísmo, minha pose besta e inadequada; seria uma porrada em todo o Poder e Generais do mundo, principalmente os iogas, psicanalíticos, maternais e o caralho. Juntando-me a Glorinha, eu estava sendo mais socialista, mais comunista, mais revolucionário do que o resto do mundo: na prática, no duro, no dia-a-dia.

Em suma: um Grande Gesto.

Na primeira vez que visitamos Pablo — Glorinha levando um bolo de chocolate, todo furado na portaria em busca de uma arma oculta — ele não havia ainda sido julgado e aguardava o próximo capítulo do seu caprichoso destino no presídio de Ahu. Foi um encontro difícil, nós três numa pequena cela de visitas, com guardas circulando no corredor e um certo aviso no ar de que aquele mundo regia-se por leis secretas.

— Tudo bem por aí, Pablo?

Ele fez que sim. Afoito, me mostrou um volume surrado:

— Consegui uma Bíblia. Vou ter muito tempo para ler agora.

— É claro. Qualquer problema, fale comigo.

— Não vai precisar. Perto da outra cadeia, essa é o paraíso. — Risadinha tensa: — Afinal, não era o paraíso que eu queria? O pessoal aqui me respeita. Logo nos primeiros dias já dei uns chega-pra-lá. Resolveu. — Era uma consciência oblíqua, exasperada, de um resto de dignidade, como quem pensa nisso a primeira vez na vida, quando não há mais tempo: — Basta de ser sempre eu o bonzinho!

— Só não vai fazer besteira, Pablo. Daqui a uns anos ainda quero tomar uma cervejada com você...

Mas não havia espaço para o humor.

— E isso aí, cara. — Fitou-me sem me ver, uma agitação estéril, natimorta: — Tomamos um porre e aí eu mato o Dunga. Missão cumprida.

Suei frio. O que eu via era um Pablo em transição, no ar, subitamente sem roteiro. Aquele idiota seria capaz de regar um ódio durante o resto da vida — quem agüenta viver sem assunto? Glorinha apertou-se contra mim, sem esconder o susto. Foi inútil dizer a ela que Pablo era incapaz de matar uma mosca — definição que, rigorosamente, não era verdadeira, embora eu continue crendo que Pablo não matará mais ninguém; o primeiro crime não tinha sido dele, mas da Roda, a maldita Roda.

— Essa é a Glorinha, Pablo. Minha mulher.

Olhou-a rapidamente, com vergonha.

— Sejam felizes.

Como dissera o pai de Dóris. Comigo as coisas se repetem, exaustivamente, monotonamente, numa asfixia perpétua se repetem. Glorinha, trêmula, estendeu o esfarelado bolo de chocolate, num teatro mal ensaiado — tudo naquele cubículo estava mal ensaiado.

— Pra você, Pablo.

Ele recolheu o presente, e sorriu:

— Não tenha medo, Glorinha. Só costumo matar as *minhas* mulheres...

Rimos os três uma risada de vidro. Depois caímos num silêncio sinistro, à beira do Purgatório, escravos de alguma Ordem Inexpugnável, sem portas. Na despedida, Pablo me segurou, com uma força exagerada:

— Espere! Você vai escrever a minha história. Eu sou analfabeto, mas você sabe escrever. Pode enfeitar à vontade, mas conte a minha história. Nem que seja para eu mesmo ler. Quero saber, de fora, o que aconteceu. Você promete?

— Mas eu ...

— Não interessa. Prometa logo. Depois você pensa. Mas prometa!

Como se de repente eu entendesse o método de Pablo.

— Prometo.

Ele suspirou. Queria me agradecer:

— Você foi o único cara que apostou em mim.

Pelo resultado, isso era evidente. Também fui o único que apostou em Dóris, em Mara e em Glorinha, minha ficha derradeira. A pureza é uma derrota permanente, não sei por que insisto. Disfarcei meu azedume mesquinho com filosofia de almanaque:

— É que somos parecidos, Pablo. A única diferença foi o ponto de partida: dois ou três graus para lá ou para cá, e no fim estamos muito longe.

Felizmente ele não ouviu.

— Você escreve, então? Assim já tenho outro projeto na vida: ler minha história.

E quando eu estava dez passos adiante, no corredor, ele gritou:

— Demore bastante!

Para voltar a vê-lo ou para escrever a história? Um rasgo de angústia atravessou meu dia, minha cabeça chacoalhando fragmentos, numa centrifugação ansiosa. Nesses momentos, odeio Glorinha, não ela propriamente, mas a presença, o respirar, um certo calor que me ameaça. Ânsia e medo de ficar sozinho. Talvez Dóris tenha razão: tornar-me um bambu oco.

Porque reencontrei Dóris na rua XV, outra repetição exata: eu de maleta negra, de terno e gravata, ela uma cigana préhistórica, trazendo precisamente o mesmo rosto, apenas um quê mais suave — já estava no quinto ou sexto degrau da sabedoria, enquanto eu emburrecia a largos passos de ré.

— Meu querido...

Sua face virou uma pasta sorridente e assim ficou todo o tempo, como se a alegria, a emoção e a felicidade fossem apenas uma questão de treino.

— Você parece um manequim ioga — e pensei em Mara.

— Você está ying, meu anjo.

— Queria o quê, porra! — Vontade de chorar. — Vamos tomar um cafezinho.

— Não bebo café, mas te acompanho.

Um desejo invencível de agredir:

— Minha mulher está grávida.

Segurou minhas mãos, o mesmo sorriso grudado na pele:

— Lindo, carinha, lindo...

Era ironia aquilo? Abrir o jogo de uma vez, confessar meus crimes, jurar amor e saudades e desejo de recomeçar tudo, quase ao modo de Pablo, apenas sem homicídio: matar é estragar o jogo. Alivlei meus nervos:

— Pensei muito em você esses anos, Dóris.

— E eu em você. Foi um belo astral, o nosso, enquanto durou.

— Quem sabe se ...

Mas que diabo eu estava dizendo e fazendo? Ela corrigiu a tempo (o que me deixou mais furioso):

— ... se você se tornasse um bambu oco. Sattvas e Aum: sabedoria e eternidade. A meditação perfeita, meu anjo, é simples, muito simples. Tornar-se um bambu oco. Pela dança. Pelos gestos. Pelo sol e pela lua. Um bambu oco. Nem um só ventinho na cabeça.

Tenho ventanias perpétuas na cabeça. De repente olho Dóris e vejo uma velha encarquilhada, alguém que de tanto se odiar se transforma em alguma outra coisa, de plástico e de vazio, numa rotação covarde até o bambu oco. Quase me afogo no café, queimo a língua, sinto minha própria carne: viver é isso, porra. Andamos duas quadras completamente sem assunto: o assunto é uma aura carregada. Ela me beija o rosto como quem abençoa um moribundo.

— Felicidades pra você.

— Pra você também, Dóris.

Que está precisando, tenho certeza. A verdade é que por alguns segundos desejei Dóris: fazer ginástica sexual, só que agora dando risada, até quebrar aquele ritual satânico. Voltei para casa e joguei-me no corpo de Glorinha. O amor, para mim, sempre tem um toque de contrição — esquecer-me e perdoar-me em Glorinha. É inteira minha, um pássaro, um poema que escrevemos em segredo e repetimos em voz baixa. Ela me beija muitas, muitas vezes por dia e por noite. Cultivamos nossas peles.

— Príncipe.

Por que minha mãe é incapaz de perceber isto? Talvez ela sinta que eu sou um príncipe — mais até, que eu sou um rei — mas por que ela é incapaz de entender Glorinha, ou pelo menos Glorinha comigo? Parece que ela sentiu o risco. Todas as outras, Dóris, Mara, e as avulsas, todas eram *de brincadeira*. Dóris ameaçou, mas mesmo assim não foi páreo para a velha. Entretanto, a menos dotada, a mais descaradamente insignificante de todas envelheceu minha mãe à primeira vista.

— Glorinha, mamãe. Vamos nos casar.

— Ah, sim.

Dos dentes pingava veneno. A simples presença de Glorinha tonteou minha mãe, mas ela recuperou forças:

— Quer dizer que o teu amigo te entusiasmou. Qual é mesmo o nome dele?

— Pablo. Mas...

— Pois é, o Pablo. Juntou-se com a menina. Se não der certo, também, separam-se e pronto. Não é, Lineu?

O Doutor Lineu concorda, é claro. Minha mãe tem um horror atávico a papel passado. Glorinha mantém-se num silêncio digno de província, enquanto a velha dispara chispas de um ódio medido, cuidadosamente medido.

— Pois é, Glória. Meu filho vai casar por imitação. Ele sempre foi muito influenciável. Você trabalha? Onde?

— Nas Casas Pernambucanas.

Começo a ficar furioso, esmago a mão de Glorinha, engulo em seco. Doutor Lineu, aquele que é bem capaz de ser meu pai — é demasiada intimidade para o meu gosto — sacoleja-se à nossa frente:

— Mas isto merece festejos, não, Ernestina? O licor...

— O licor não prestou. — E para mim: — Não quer buscar um guaraná para a moça, meu filho?

— Não. Nós... ahn ... viemos só trazer o convite ... — e estendi o envelope branco que ficou tremulando a meio metro do nariz da velha, até que o Doutor Lineu, solícito, recolheu-o:

— Ah, que interessante! — Os lábios fingiam ler alguma coisa, até que realmente leram: — Na igreja do Pilarzinho?

Minha mãe congestionou-se com o golpe mortal. Uma fera inocente:

— Ela está grávida?

Levantei-me puxando Glorinha num solavanco:

— Não! Não está grávida porra nenhuma!

Saí batendo a porta.

— Credo, amor. Você foi tão bruto com a tua mãe ...

— Não se meta nessa briga. A guerra é minha.

Fui jogar truco na casa do sogro, enchi os cornos de cerveja, contei e ouvi piadas sujas, festejei vitórias e emputeci nas derrotas. Tão *familiar* aquilo, tão integrado, ali, na mesa da cozinha, crianças pelas pernas, parentes, vizinhos, casamento à vista, risadas, planos, enxoval, uma vitalidade tosca — para que buscar o Paraíso lá no fim do mundo? Por que merda não posso ser um indivíduo normal? — ou, pelo menos, *do meu tamanho?*

Tive que acender o cigarro de Pablo, ou ele queimaria os dedos. Glorinha não estava em casa, de modo que o horror não foi perturbado — manteve seu silêncio de espera, soturno, inerte. Eu, e Pablo, e a Roda.

— Fugi. Mas não de covardia ou medo. É que eu não conseguiria ficar lá nem um minuto a mais. Uma hora as coisas terminam, por pior que sejam, não precisa esquentar a cabeça. (Mas é engraçado: fica sempre a esperança de que as coisas *não tenham realmente acontecido*. Com você não é assim?) Não tive pressa. Nunca tive pressa, você sabe. Sou devagar. Vim andando pelo caminho da Costa, primeiro debaixo da chuva e depois no entardecer, já de céu meio limpo, e vermelho, o mar todo manchado. Eu olhava tudo aquilo e me arrepiava, também de frio, e tinha toda a vontade de chorar do mundo, mas fui me estrangulando, de bater os dentes. Bom, você nunca matou ninguém. Eu olhava cada pedaço da Lagoa, e ela ...Ali estava: tudo parado. Fim de chuva. Eu tinha um plano de me jogar das pedras, de rolar dali meio morto, que nem passarinho de asa quebrada. Mas para qualquer plano eu preciso de tempo, muito tempo. Depois, não olhava para trás: viria alguém, sem Cabeça, me dizer — se encoste aí. E então apontaria uma arma para a minha cara. Melhor: uma foiçada só. Pronto. Fui andando, metendo o pé na lama e me encolhendo no casaco. Passei a Pedra do Piero, o campo de pelada, morro acima e morro abaixo, dando volta para frente. Parece que já sabiam, que me olhavam. Nem me lembro da caminhada, são seis quilômetros. Passei pela Igreja, uma vontade de subir o morro, subir, ver as coisas lá de cima — pensei até em me esconder no mato, virar bicho — mas fui adiante, faltava tempo. As velhas me olhando, e eu com a sangreira escondida no casaco. Aquele branco na cabeça — se eu me concentrava um pouco eu caía, caía, um buraco na barriga, sem fome nenhuma, porque o fim tinha chegado. Já no asfalto, primeira vez que me deram uma carona tão rápida, fui despejado na rodoviária. Daí sim bateu o medo, porrada violenta na testa, uma vontade louca de continuar vivo. Não me preocupava com os meganhas; o que me apavorava era a figura sem Cabeça. Talvez, se eu voltasse pra Costa, ela ... Fiquei sentado horas numa cadeira de espera, passagem na mão, tentando me lembrar de algum momento da vida em que uma coisa que eu pensasse que tivesse acontecido não tivesse realmente acontecido. Fui atrás de uma ilusão verdadeira, moí a cuca, mas nada. Só se esta foi a primeira vez. Mas é difícil, tão nítido que nem balançando a cabeça saía? Bem, tiveram todo o tempo para me pegar — eu já estava preparado, decorando o número do teu telefone (porra, sobrou você. Não que eu quisesse me safar; não quero. Quero ser preso mesmo, mas preciso de tempo para explicar, se me degolam sem prazo fica essa morte pela metade). Bom, não me pegaram, me deram tempo agora.

Então passei as cinco horas de viagem (viagem é bom pra pensar) passei as cinco horas matando a Carmem de novo. Eu acabava de matar e imediatamente começava de novo, ponto por ponto, a frio agora, sabe como é? Tudo de novo, recapitulando, do começo ao fim, porque estava faltando alguma coisa que não consegui descobrir.

Foi assim: eu não sei. Me diga, caralho, você é o meu único amigo, me diga: você acha que eu errei? Só eu errei? A vida inteira ou só naquela hora? Porque se — eu sou burro — se foi só naquela hora, então está tudo errado. Não devia ser assim: quer dizer, o sujeito cometer um erro (eu sei que não estou certo, só queria saber por quê) e então o mundo acaba. Só preciso de um pouco de tempo; aí sim, que façam o que quiserem.

A gente não estava numa boa fazia meses. Quer dizer: *ela* não estava, porque ... Lembra aquela carta, a última? Eu menti pra você, cara. Às vezes parece que se a gente põe as coisas no papel o mundo fica consertado. Então eu escrevi, falei aquelas coisas boas. Nem era pra você: era pra Carmem mesmo, foi o jeito atravessado que achei (não sou de muito derramamento) de dizer o quanto eu precisava dela. Que merda. Li a carta em voz alta, para ela ouvir, mas a Carmem disse: Eu estou de saco cheio! Quero ir embora dessa barraca! Não estou a fim de acabar minha vida com um louco varrido! Eu quero que você ponha fogo nessa casa e acabe com a tua horta ridícula e jogue fora aquela rede que não pesca nem siri e saia desse inferno! Ficou falando essas coisas, teve um ataque. Eu perguntei: nós saímos juntos? Ela não respondeu, começou a chorar — ela tinha ataques e chorava, tinha ataques e chorava, estava fodida mesmo, não queria ter o filho — e preparou um baseado com o fumo do Dunga. Cara, fazia tempo que eu não puxava mais fumo. É que ela estava grávida e eu sou grilado. De mim deve nascer alguma coisa boa. Eu ainda disse, eu queria fazer as pazes: o João vai casar com a Glorinha. Ó aqui o convite. A gente pode ... Mas ela gritou de novo: Eu quero que esse teu amigo babaca se foda!

— É claro que eu não ia matar ninguém por causa disso. Por mais que eu fosse teu amigo — e Pablo riu, um riso curto, sem cinismo; era simplesmente alguém tentando ver uma coisa de cada vez, no seu peso exato. O desespero — a tarefa impossível e sempre repetida — é botar ordem nas coisas. E Pablo continua matando Carmem milhares de vezes por dia ao longo do seu cativeiro porque está faltando um elo da corrente: justamente aquele que ele se recusava aceitar, enfrentar, repor — falta justamente o limite da sua vida, desenhado e compreendido. Duas horas falando desde o abraço em pânico, e eu ainda não sabia nada. Por alguns instantes, nesta noite em que a morte erguia-se passo a passo, num cuidadoso mosaico de detalhes, até fechar o desenho negro da foice — tratava-se, *realmente*, de uma foice —, alimentei a esperança fugaz (a mesma de Pablo, a esperança insistente e inútil) de que a morte fosse apenas um delírio. Que ela houvesse, eu aceitava; mas que pelo menos não fosse Pablo o agente, porque então a Roda se fecha sem remissão. Imaginava-o vítima de um engano, de uma armadilha, de um mistério. O horror não é a morte; é a espécie de comunhão que temos com ela.

Mas Pablo voltava — sem luz. Continuava infinitas vezes descendo o caminho da Costa com a roupa manchada de um sangue alheio. Ou então recuava, ouvindo a chuva desabar no telhado e se lembrando de um Vulto — a sombra da noite anterior. E agora estava ali, diante da mesa e do prato frio de arroz, diante de Carmem, um segundo antes que a chuva desabasse, e eles gritaram, mas mesmo assim não se ouviam, e tanto um como outro foram se vendo perder o rumo, principalmente Pablo, que sem rumo não é nada.

Acendi um cigarro, suspenso. Ele balançava a cabeça, touro que se recusa:

— Espere. Estou confundindo. Não era o dia da carta, é claro. Nesse dia, o da carta, que eu li em voz alta, Toninho entrou de repente e mudamos de assunto. Ficaram os dois puxando fumo, e eu me senti mal e fui me deitar. Eu ouvia as risadas dos dois. Ela queria trabalhar em teatro e Toninho conhecia muita gente de Curitiba. Sabe, aquele dia eu tive vontade de desistir de tudo. Mas a questão é que a Carmem estava grávida, então não era só nós dois. Você entende.

Agora, que Glorinha vai ter um filho, começo a entender. Mas não foi a gravidez de Carmem, em si, o miolo da morte; havia um Vulto, havia vultos, era o que a gesticulação exasperada de Pablo tentava explicar ao advogado, na sua obsessão de culpa e de detalhe, no desespero de não mentir, de saber ele próprio o que aconteceu, na sua obsessão de ir logo para a cadeia e não somente após o julgamento, como talvez fosse possível, já que não houvera flagrante — queria silêncio, queria paz, porque então descobriria.

Na noite anterior — Pablo voltava, de novo — deitaram-se na mesma cama, como sempre, por hábito, mas havia um cuidado prévio de não se tocarem. Por que ela ainda ficava ali? Não se tocavam mais, num jogo perigoso de testar a solidão até a margem, quem sabe à espera de que alguma coisa acontecesse que deslindaria o nó — o que, bem ou mal, acabou por acontecer. Há muitas noites Pablo não dormia. Olhos abertos na escuridão, ouvia o ressonar de Carmem e a própria respiração, lenta, de espera: faltavam alguns meses. Quando pensava com algum método — o que era cada vez mais raro e doloroso — não compreendia por que Carmem lutava contra esta paciência miúda, estes poucos meses, até que aparecesse o filho; não compreendia, ele, que sempre contou o tempo por anos, muitos anos, por que Carmem se agoniava por uma questão de semanas, ou dias, até de horas;

não compreendia como alguém pode odiar tão rapidamente, olhar noutra direção ao menor estímulo, refazer toda a vida numa conversa de minutos — ou então, desgraçadamente, entre o ato de pegar um cigarro e acendê-lo, sugerir um aborto, por exemplo, como quem sugere esquentar a água, ou dar um passeio, ou comer uma fruta.

Ela nunca soube — o que me espanta duplamente, por ela e por Pablo — que ele não alimentava mais, há muito tempo, qualquer esperança de ter outra mulher. Não havia esse espaço na sua cabeça. Algo sinistro — não amor; uma programação patética e lacrada, Carmem foi sua única vereda.

Dormiam, ou fingiam dormir, lado a lado, olhando para o teto, brincando de estátua. Se se tocassem, num ajeitar de pernas ou braços, recuavam instantâneos — Pablo por deferência, Carmem por medo (quem sabe). Posso imaginá-lo ao longo destas noites terríveis, vivendo a ressaca dos primeiros dois meses de amor e farra, de plena realização, de crescimento próprio, até se ver com algum contorno, com algum Nome e Função, até se ver ocupando um espaço digno, no centro de pontos cardeais, fruto construído de um passado e ponto de partida de algum futuro. Mas era preciso o outro — que tragédia, que medonha melancolia um homem só!

E Pablo recuava, seguindo as curvas mecânicas da teimosia:

— Engraçado. Com você e Glorinha foi diferente, não é?

Uma das coisas que me surpreenderam na minha noite de núpcias — na suíte presidencial do Mabu Hotel, que Glorinha vasculhou num doce pasmo de camponesa — foi não haver qualquer mancha de sangue no lençol ao amanhecer. É claro que não me incomodei nem perguntei nem dei a entender nada, mesmo porque isso é muito freqüente — quero dizer, mulheres virgens que não vertem sangue. Também não vou mentir: restou algo incompleto.

A primeira noite — quando se trata *realmente* da primeira noite, como aconteceu conosco — tem sempre um toque de terror, de precipício, e, ao final, sobra um resíduo tenso de solidão. Mas acho que isso já havia antes, e haverá depois — é uma espécie de marca de Caim. O que me realizou em Glorinha (e ainda me realiza e me faz sentir tão inteiro) é que sou eu quem ensina — principalmente sexo. Porque não basta aquele crispar desesperado, aquele sufoco de quem vai morrer no Céu, aquele bater descontrolado de pernas e asas, a garganta curta para tanto urro; não basta.

— Você tem que se transformar num bambu oco, Glorinha.

A vingança contra Dóris era o meu método, diametralmente oposto ao dela. Carne, muita carne. Peito, bunda, lábios (todos) molhados, língua, pele e veias e pêlos na boca.

Dentes, às vezes, e vagarosos. A primeira tarefa é se familiarizar com o corpo, esta coisa que está em toda parte exceto dentro da nossa pele. Glorinha deu uma gargalhada, e eu também, e rolamos de rir e de prazer:

— Um bambu oco!

De maneira que nossa vida se transformou numa seqüência paradisíaca de tesões — pelo menos enquanto estamos nus (ou quase nus, as folhagens do bambu oco), nus e deitados e indefesos. Glorinha descasca minha Couraça Defensiva com a língua e a ponta dos dedos, conforme expliquei a ela, na terceira licão do Quinto Evangelho, o Vipassana, a meditação da percepção ou coisa parecida. O fundamental é dar nome às coisas, descobri a chave.

— Você é Vishnu!

Ela pensa um pouquinho, trata-se de um jogo.

— E você é um Abacate Verde!

— Mahabharata!

— Drospuliuch!

— Caroço Celeste!

— Mamão de Pedra!

— Nirgunda!

— Bunda!

Quá quá quá quá! O prazer é inesgotável — a cada dia, ou a cada ritual, constato que me casei com a mulher ignorante mais inteligente da face da terra. O enfermo sou eu — uma vez imaginei Mara ao lado da nossa cama, segurando na mão o meu longo cordão umbilical, óculos na ponta do nariz, atenta ao jogo. Do outro lado, Dóris queimando incenso, na posição de Lótus. De vez em quando anotam num caderninho, dando graus à trepada. Minha mãe é um anjo gordo, pendurada a dois metros da cama por cabos de aço, braços abertos, no rosto uma expressão de invencível desconsolo. O Doutor Lineu espia de uma fresta. Enquanto isso, Glorinha me chupa, sem tocar os dentes, conforme a Sétima Lição do Ornitorrinco-Que-Toma-Sol.

Mas ainda não chegamos à perfeição. O que fazer, por exemplo, depois do gozo, quando somos chutados do Céu por três anjos estúpidos e caímos na terra num torpor imbecil?

— Vamos dormir, meu amor.

Que diria disso Jung? ou Bagwan? Mara sorri, triunfante, e anota um conceito diabólico no caderninho. Perco o sono. Mas tenho fé: ainda seremos, nós dois, um só bambu oco.

É claro que nem tudo é felicidade, como tentei explicar ao Pablo, na piedosa mentira de dizer a ele que de alguma forma estávamos no mesmo barco, que essencialmente éramos iguais — uma mentira, porque nossa identidade era tão profunda, tão medular, tão metafísica, que não servia para nada. Nem tudo é felicidade, mentia eu, na tentativa pueril de consolá-lo — sabendo já que ele tinha rompido o elo para sempre, que ele tinha quebrado o jogo, sem remissão — mas felizmente ele não me ouvia; não poderia suportar minha indulgência leviana. Retornava sempre ao ponto cego, escorpião no fogo, sentindo o vazio queimar a alma e o estômago, para sempre, *para sempre.*

Não sei que demônio me levou a enumerar os mesquinhos desprazeres do meu casamento, aquele rosário miúdo de feira, a um Pablo que já ultrapassara todos os pontos de sofrimento — só lhe restava, agora, lembrar e relembrar e voltar atrás, eternamente: ele já estava morto, supunha eu. Talvez — e a possibilidade me assombra — eu tenha tentado me igualar a ele tão falsamente, como um modo de afirmar o quanto eu era melhor do que ele por não matar ninguém; com um velado (e infinitamente inútil) sermão, cujo único propósito era deixar bem claro a nossa súbita distância — porque

Pablo, pela primeira vez, me deu medo. E era o mesmo homem esculpido em cerne, desde sempre, que estava ali, ouvindo, sem ouvir, a ridícula observação de que comigo e Glorinha tinha sido um pouco diferente, embora, *veja bem*, nem tudo corresse às mil maravilhas.

— É claro — ele dizia, balançando a cabeça com o seu mesmo gesto teimoso de sempre, parado no ar, sem gravidade nem queda. Os olhos dele me atravessavam em direção ao rosto já antigo de Carmem, em outro ponto da geografia e do tempo, um segundo antes da morte.

Porque quando estamos vestidos — eu prossegui, na minha grosseira necessidade de desenterrar o menor sofrimento para solidarizar-me com Pablo — esbarramos em miudezas, falta sal no arroz, por que essa cara feia, que merda que a camisa não está passada, não tô a fim de comer em restaurante nenhum, caralho! Tem coisa pior do que sair à rua com uma mulher que pára em toda vitrine e aponta com o dedo um sapato de verniz? Esses peitos serão durinhos para sempre? Que diabo vem a sogra fazer aqui todo domingo, aqueles olhos de rapina de quem viveu a vida inteira na miséria? Por que Glorinha só diz bobagem na frente dos outros? Não podia corrigir essa pronúncia jacu de "leitê quentê"? Puta que pariu, onde fui amarrar meu burro?

Porque as mulheres se dividem em mulheres nuas e mulheres vestidas — essas são inagüentáveis, pelo menos depois do primeiro impacto, quando comemos a isca. Entretanto, ela diz:

— Meu príncipe.

E abre a blusa (sem sutiã), e os peitos se despetalam, bicos me olhando. Mas disso não falei a Pablo — e não faria diferença, porque ele estava muito longe — percebendo de súbito que quanto mais reforçava minha desgraça (a felicidade ali era algo obsceno, improvável, um monstro sufocado), quanto mais criava meu inferno de anão, mais Pablo se cristalizava, imenso, no seu fim-de-jogo: a mesma estátua, agora em gelo, sentindo na cabeça o ribombar de mil Carmens, mil vozes mortas pela mesma foice no mesmo instante cego. O medo de abrir a chaga passou a mim. E continuei a desfiar minhas contas, tanto para que Pablo se calasse — quem quer ouvir? — quanto para montar uma tragédia própria — e lá no fundo (impressionante minha pobreza de espírito) um desejo inconsciente de mostrar o quanto eu era razoável, feliz, inteligente, hábil, correto, devotado, humano (e mais todos os adjetivos adequados ao homem medíocre) em comparação com aquele traste que tão rapidamente tinha queimado todos os cartuchos da vida. Minha fala crescia ao mesmo tempo que a culpa, de modo que em meio à gagueira (tenho excesso de memória, sem ar) cheguei à minha mãe, ou ao maldito Útero Primevo, a quem, num momento de fúria, quase cheguei a esmurrar, não fosse a solícita intervenção do meu pai imaginário.

— Você vai casar com aquela caixeirinha de balcão? — foi o que ela me disse, num crispar tão odiento que era por si só a confissão da derrota. — Com aquela vagabundazinha vulgar? Foi pra isso que eu te criei?

A velha estava a um ponto da morte, veias estufadas no pescoço, dentes à mostra, punhos cerrados e espuma nos lábios — o fracasso não era meu, era *dela*. Agarrei seu ombro com a mão esquerda e sacudi, sacudi, sacudi, eu queria matá-la, Pablo, eu queria matar a minha mãe, éramos nós dois uma coisa só, uma massa só de ódio, um ser bicéfalo e fágico, duas cabeças se mordendo no mesmo corpo — então levantei o braço direito e eu ia dar um murro na testa da minha mãe, eu juro que ia dar uma porrada na minha mãe com todas as forças e mais um pouco, eu estive muito perto de ... e então o Doutor Lineu segurou meu braço, aquele baixinho de bosta dando pulos alarmados e segurando meu braço — aquele filho-da-puta que pouco antes havia dito com sua voz de pasta velha que era o karma, o karma do ku dele, o responsável pelo casamento inesperado, porque noutra encarnação eu tinha sido um feitor de escravos muito mau que tinha espancado uma preta fugida, e para pagar esta culpa da minha alma eu estava casando com uma negrinha e agora ela que iria me torturar, porque, você sabe, é o karma ... e agora ele segurava meu braço, o que me salvou: empurrei ele com toda a força, desviei o ódio — o Doutor Lineu caiu sentado, a velha gritou, eu dei um pontapé na mesinha que voou licor, cálices e garrafas, e mais um pontapé na parede que rachou minha unha e meu urro e saí batendo porta.

Calei-me, suado. Pablo acordou de repente, com os gestos e gritos da minha história:

— Você bateu na tua mãe?!

— Não, Pablo. Mas quase.

Por um segundo vivemos a ilusão de que éramos apenas duas pessoas normais conversando de madrugada. Mas, em seguida, ele contemplou as próprias mãos, lentamente abrindo os dedos, sem compreender.

Finalmente Pablo desfechou a foice. Não houve preparo; a mão direita girou ao acaso, para trás, num impulso de quem se afoga — e encontrou o cabo lustroso, tão convenientemente posto na curva dos dedos, acariciante, solicitando aperto (poderia encontrar nada, e então era o mistério); a foice ergueu-se e parou em silêncio, brevíssima, solene, macabra, num respeito de ossos, e desabou no pescoço de Carmem.

— Eu só matei uma vez.

As outras vezes — aquele disparar de lanhos, o ir-e-vir da lâmina no corpo já ancestral de Carmem, que sem ruído e à distância seria um lenhador espicaçando um tronco — as outras vezes, ou trinta golpes mecânicos que se repetiam à força de nenhum futuro, que se exauriam pelo esgotamento mesmo do tempo (sequer a magia de renascer de um pêndulo, a magia de no final a História se fazer ao contrário), os trinta golpes foram da Roda.

Depois disso, eu já sabia: Pablo largou a foice, engoliu um sorvo de desespero, engasgou-se num gemido que foi nascendo sem espaço, um som escatológico, infernal, cambaleou até a porta e vomitou o que restava — não muito. Não havia ninguém no terreno, o que não fez diferença — bastava-lhe, agora, esperar o vulto sem Cabeça que tocaria o seu ombro para a justa e necessária prestação de contas.

E Pablo reabria a chaga, de novo erguendo a foice dolorosa, de novo matando Carmem. Já era tarde da noite, já fuma-
ra duas carteiras de cigarro, e tremia, num chacoalhar vazio.
Senti meu estômago doer em contorções de bicho, e por momentos, sem ter matado ninguém, senti o mesmo pânico. Estávamos muito próximos, duas órbitas que se tocam para fu-
girem em seguida. Ele fitou a porta:

— A Glorinha não vai chegar?

— Viajou com a sogra. Volta depois de amanhã.

O que me dava tempo para tentar salvá-lo — os cinqüenta anos solicitados — sem a imponderável presença e provável terror de outra mulher, esta viva.

A Roda é um ser multiforme. Na noite anterior à morte,
era um Vulto — com cabeça. Eis o que Pablo me dizia, aqui
recontado com outra espécie de prazer, ou sensação, como
se tudo fosse obra minha (e talvez seja, exceto as grades de
Pablo). Dormiam sem dormir, no susto perpétuo de se tocarem e se encolherem na cama — e eram três: Pablo, de olhos
abertos, implorando à Roda que Carmem pelo menos lhe en-
tregasse o filho antes de se ir, implorando que se refreasse a
fúria dela durante alguns poucos meses, implorando que a
náusea que ele lhe causava não ultrapassasse o suportável;
Carmem, de olhos fechados, uma respiração imóvel à espera
de que Pablo dormisse, o que de tempos em tempos ela con-
feria num discretíssimo brilho de escuridão; e um projeto de
ser vegetando noutro campo de trevas, mais uma idéia, uma
vontade, uma vertigem, uma visão, do que qualquer coisa
palpável, o filho nunca nascido.

Deste gênero de filho começo a entender, quando acaricio
a barriga de Glorinha, numa leveza de água. E claro que nisso tudo há um teatro, há uma cerimônia de máscaras, uma

necessidade inexplicável de ser bom, uma necessidade de amar, seja lá o que isto signifique — o amor não é cristalino. É uma idéia o que eu protejo, não um ser. Exceto se me torno um bambu oco, como queria Dóris, mas aí — suprema alienação — a vida não treme nem se enfurece. Quer dizer: para mim, neste tempo, neste espaço, nesta história, entranhado nessas raízes concretas. Sem fúria — pelo menos sem uma porta aberta para o belo desastre da fúria — plastifico-me, objeto de palha e assepsia num mar de destroços.

Assim — alta madrugada, eu fumando tanto quanto ele — começo a reconstruir a estátua de Pablo, vendo nele a mesma grandeza torta, a de quem pacientemente se resguardou até a última resistência, até que a correnteza o levasse, então sem recuo. Mas ainda sobrevinham sobressaltos, fantasmas livres do meu medo: abririam a porta para me levarem, por homiziar um assassino. Ou então crescia um Pablo demoníaco, pronto a me matar — e sinto calafrios, porque nos perdemos. Prossigo a luta, contra mim, contra Pablo, e ouço o relato que se constrói na recusa.

Eram muito mais do que três naquela cama, naquele estrado que ele mesmo fizera para abrigar o seu futuro pequeno porém suficiente: a justa medida. Pablo, Carmem, a miragem do filho, e uma multidão nas trevas do quarto, mil cabeças sem espaço numa gritaria rouca e inútil, pais, filhos, vizinhos, netos e bisavós, milhares de vultos sem procedência, notas descompassadas de uma orquestra rota mas insistente: toda a História de Pablo e de Carmem esmagando-se no escuro, cheia de bocas abertas, dentes, cobras, nuvens, e nenhum som — apenas um instante presente se produzindo por conta própria, nascendo e se moendo e se matando a cada segundo, num sinistro, lento, metódico atropelo. A Roda.

Perdeu-se a noção do tempo. Estar acordado ou dormir era a mesma massa ansiosa de desejos, principalmente o desejo estéril de fazer com que a simples volta dos ponteiros recuasse, sem alarde, todas as engrenagens do espaço, num retorno coletivo e assombroso de tudo o que se move até um ponto difuso de pureza, onde os gritos silenciassem. Mas Carmem se ergueu do colchão, exatamente como alguém que planeja não fazer ruído (e cada vez que Glorinha se levanta de madrugada tenho um sobressalto de culpa), e avançou para a porta despencada há três dias, e que Pablo não consertava por uma espécie sombria de preguiça, e entrou na escuridão. Pablo levantou-se em seguida — dormia de roupa, a mesma roupa com que me contou a história e que já usava há várias semanas, desde que ele tinha desistido e assumido simplesmente a espera — e foi atrás, distanciado o suficiente para que não fosse visto. Assim: desarmado, sem rancor, ódio, previsão, apenas um espanto de sonâmbulo. Às vezes ela espetava a camisola nos espinheiros, e Pablo aguardava, paciente, quase se divertindo com a fúria de Carmem ao se rasgar nos espinhos — porque mesmo com a lua, com pontas de nuvens e brilhos raros de estrelas, mesmo com o perfil quase negro do morro contra o céu negro, e com as pedras súbitas, paredões vazios, mesmo com aquele cenário cuja falta de contorno e luz harmonizava tudo, Carmem prosseguia a estranha, a peça errada, a delicada donzela de sardas perdida num purgatório selvagem. Que ódio dos espinheiros, dos pés lanhados nos tocos, das mãos sem trato, da brutalidade da terra!

De modo que Pablo quase sorria, enquanto Carmem tropeçava. Depois — era a exata e prosaica sensação de um filme antigo, em preto-e-branco, de loiras que fogem e galãs irreais — depois ele ouviu um chamado (ou um pio de coruja?). Mas o vulto era carne e osso. Encastelado entre duas pedras, olhos atrás da ramagem, Pablo via — e somente via, o sonâmbulo obtuso, o operário de si mesmo, o tosco — via Carmem e o Vulto, transformando-se num só animal recurvado, de tão nítida sombra que havia rabos, e trombas, e jubas, até a sugestão de pêlos eriçados. Então — mas não houve *então*, nada se passou na cabeça escura de Pablo, nenhum resultado na conta de somar. Não era dali — da coisa viva inclinando-se na escuridão — não era dali que ele concluía; era dele mesmo, num choque de assombro. Ele (e Pablo abria a boca, vagaroso) ele havia esquecido! em toda a sua tão bem amarrada vida ele não havia pensado a hipótese (diabolicamente inverossímil) da traição. Como se todos os outros desastres fizessem parte do perde-ganha, fatores previamente ponderáveis: o murro de um policial, uma mulher que não nos aceita, um lanço de rede sem peixe, uma chuva demasiada, uma porta que cai, o medo de morrer, a própria morte. Mas — e Pablo abria a boca, acredito piamente que sem ódio — mas e a traição? principalmente *aquela* traição?

De maneira que ele se ergueu — ouvindo sussurros e agonias — e voltou pelo mesmo caminho, ruminando o espanto. Havia solicitado tempo, o tempo suficiente para resgatar metade de sua miragem, o filho — porque Pablo não pode viver sem projeto —, e supunha simplesmente que Carmem lhe concedera esse intervalo breve: previsto, medido, capaz até de resgatá-los, como nos contos da carochinha. Entrou na sua casa, na casa formidável erguida mil vezes desde a escuridão da tortura até o *sim* de Carmem, ao longo de três anos, deitou-se, e deixou-se esmagar pelo vácuo.

— Até aí — e Pablo espalmava as mãos, como quem pede calma — até aí, tudo bem. Cada um pode fazer o que quiser, mas...

Mas dava um branco: mas o quê? Já havia fiapos de sangue no céu de Curitiba, e muito frio — tremíamos. Não era da noite, do ser duplo se contorcendo, que ele reclamava; não tinha sido esse o estopim da foice — mas o outro dia, domingo, o da chuva. Ainda à noite, Carmem voltou, batendo os dentes, e se recolheu sem ruído, cheia de aromas.

— Era um cheiro de vaca, se você entende.

De novo, apenas o desejo de dar nome exato às coisas, sem ênfase — só o animal, não o desprezo. Então Pablo fechou os olhos, e ele acha que dormiu. Enquanto isso, vasculhava os bolsos atrás de cigarro, talvez como desculpa para interromper a narrativa — e com ela a vida — restando suspenso num limbo sem erro: porque ainda não havia matado Carmem, e ele acreditava que só pelo Vulto não o faria — era preciso mais (não muito mais, é verdade, mas sobrava ainda algum espaço, se Carmem percebesse). Se ela percebesse o limite, o terror, o perigo, ou se ela simplesmente percebesse Pablo, sopesasse a alma dele, se ela soubesse quem era ele — se ela tivesse verdadeiramente olhado para Pablo alguma vez na vida durante alguns minutos, e...

Pablo esmagou as carteiras vazias de *Elmo* e gaguejou. Estendi a ele o resto do meu último maço (num relâmpago vivendo uma aventura, na madrugada, na fumaça e no frio, feito um herói de criança) e lhe acendi o cigarro: éramos grandes.

— Levantei pelas dez e fui fazer o chá, não tinha mais café. Cortei tocos de lenha com o machado, sem pensar. Se ela chorasse, eu ... Carmem ficou dormindo.

Depois ele aquietou-se olhando as águas da Lagoa, completamente vazio, talvez o autêntico bambu oco que Dóris receitava, numa integração sem técnica, sem treino, sem nome: apenas um sono que não dorme. Mas é claro que, por outro lado, a Roda trabalhava, no seu afinco meticuloso. Às três, Carmem se lavou até que a água da caixa acabasse. Durou muito tempo aquilo, Pablo ouvindo o corpo nu de Carmem se lavando; num instante, chegou a escutar um fragmento de canto, uma aleluia envergonhada que parou súbita, enquanto ele esquentava o arroz de dois dias. Em seguida ela se vestiu, numa faceirice representada, que enchia o rosto de sulcos e tendões, músculos sem paz, Pablo imóvel, o arroz empapado e já frio à mesa, entre dois pratos e dois talheres, e um assobio estridente — Dunga — desceu o morro até estacionar à porta despencada. Não olhou para Carmem, que, entrando no quarto, derrubou qualquer coisa.

— Vou com o pessoal lá pra festa da Vila. Tá a fim?

— Não.

Pedrinhas chutadas, o assobio se afastou morro abaixo numa lentidão aguda. Imóvel — mas creio que não era mais o bambu oco — Pablo aguardava que Carmem se sentasse à sua frente. Mas ela tinha muita coisa pra fazer — trinta minutos de afazeres vagos, um ir-e-vir sem direção, agoniado e sorridente, ajeitar de prateleiras, vidros que caíam, roupas que se penduravam, torneira que se abria e demorava a fechar, mãos que se enxugavam, era coisa demais que se seguia entre uma porta e uma passagem, povoada de silêncios curtos, era uma resistência de artifício e de aflição. Os olhos de Pablo acompanhavam aquele ser sem vulto, clarividente, tão escancaradamente luminoso — até as sardas se viam — quando começou a chuva. Foi um desabar ensurdecedor de água, de modo que todo ruído se camuflou no dilúvio, inclusive o pingar furioso de goteiras, sob as quais Carmem punha caçarolas no mesmo azáfama de cera, um horror fingido, pois eis que a casa revelava de um golpe a sua completa ruína. Exausta, jogou-se à cadeira e olhou para o prato vazio. Tentou partir um pão, mas o pão estava muito duro; foi preciso a faca. Sempre olhando para a mesa, serviu-se do arroz, em cuja massa havia alguns tocos de carne e, trêmula, levou o garfo à boca.

Tenho por mim que Carmem tentou resistir (e só percebo agora, quando a luz da manhã descobre um Pablo velhíssimo, gasto, à minha frente, e há uma passarinhada neurótica gritando nos galhos de uma árvore morta entre quatro prédios), que ela não saiu antes dali não porque amasse Dunga (o amor tem que ser uma outra coisa, mais densa) mas porque alguma sobra de amor-próprio exigia que ela pelo menos tentasse ficar. Por ela mesma, sem socorro. Mastigou o bocado de arroz numa preguiça nauseada, e lentamente afastou o prato. Em nenhum momento chorou.

— Vou embora.

— Tudo bem. Eu quero só o filho. Eu — e Pablo abriu os braços, mostrando, solene, o interior do seu castelo, com a água já correndo debaixo dos pés — eu fiz isto para ele.

Não sei se Carmem ouviu esta declamação barata de um ator de novela de rádio, talvez em um dos raríssimos momentos em que Pablo *representou*, isto é, pôs no rosto e nos gestos uma camada de creme e verniz vagabundos sobre o cerne verdadeiro; não deve ter ouvido, porque a chuva metralhava. Trocaram mais três ou quatro gritos sem resposta, num crescendo solitário de volume e fúria, até que Carmem ergueu o prato e jogou-o contra a vidraça — o que restava da vidraça — e a Roda girou rápida agora, todos os cabos rompidos.

— O *teu* filho!?

Ainda houve tempo de corrigir, como quem olha para trás, conferindo o rumo:

— O nosso.

Carmem levantou-se e explodiu a risada e a histeria, num sarcasmo que de tão intenso se transformava em outra coisa, medonha, horrenda, um demônio abrindo crateras, a face já sem forma. Ele ergueu-se derrubando a cadeira, numa lenta asfixia, e o braço girou sem ar até encontrar o cabo da foice.

— O tempo é o melhor remédio — disse Glorinha. — Essa depressão passa logo.

Barriguda, ela parece um tonel de feira, ao mesmo tempo desproporcional e graciosa. Gosto do rosto: rosto encantado, o das grávidas, de uma suavidade madura. Mas o ventre é um exagero, com aquele umbigo espichado, e o amor, uma ginástica difícil.

— Me fale das tuas mulheres.

Estamos na pracinha do Batel, e acabo de presenteá-la com uma dúzia de rosas escolhidas pelo próprio vendedor, que entende de flores. Sentados num banco, vemos colegiais, ônibus, ambulâncias. Recebemos o telefonema de mamãe: "Traga tua mulher, é claro. Ou não vai me deixar conhecer o netinho? Acho que pelo menos isso eu mereço." Merece, mamãe, merece. Eu que não mereço porra nenhuma, sequer o gostinho de uma guerra até o fim. Acomodo-me, pachorrento, no meu futuro pequeno-burguês, aceito o teatro nosso de cada dia, alimento minha barriga, e transfiro ao cérebro — ao lado sombrio do cérebro, aquele dos sonhos — as neuras, ânsias e utopias que pouco antes se espalhavam pelo corpo inteiro. Pois não abracei demoradamente o Doutor Lineu, que se apressou em destampar um licor e oferecer à Dona Glória? Um licorzinho é bom para a criança, mesmo filho de uma negrinha fugida. Que admirável! Eu conversando com o Doutor Lineu, Dona Glória conversando com Dona Ernestina, durante duas horas! Nos meses de intervalo, entre o quase murro em minha mãe e o licor para Dona Glória, a Roda se aposentou. Não vai sobrar nenhum ódio para mim?

— Não tenho mulheres de quem falar, Glorinha.

Outra mentira: estou sempre louco desesperado para falar das minhas mulheres, as reais e as imaginárias; tenho a impressão de que a única coisa que me interessa mesmo são as mulheres. Uma psicologia de vendedor: como impressioná-las? como lhes provocar o amor? como imantá-las? E — ao fim e ao cabo — como livrar-se delas? Não me pergunto como amá-las. Com um beijo? com uma foice? de olhos fechados? por vingança?

— Mentiroso. Você teve muitas mulheres, eu sei.

É um jeito maroto de me agradar: Glorinha me tem em altíssima conta. Olho seu rosto moreno, suave, beijo-lhe a boca, e num segundo amo-a perdidamente. Estou muito próximo do choro, não compreendo nada. O céu de Curitiba é azul, e continua inverno, um frio de nervos. Mês que vem farei trinta e quatro anos.

— Não gosto de ver você triste.

A mentira me persegue:

— Não estou triste, Glorinha.

— Então fale do Pablo. Você ficou zangado por que eu não fui junto?

— Não, não é nada disso.

— Como é que ele está?

Uma gentileza de Glorinha: ela não gosta de Pablo. Não pode entender como um homem que mata a mulher — ou, mais amplamente, como um homem que mata — pode prestar. Uma questão muito simples, resolvida em duas palavras:

Não matarás. Um raio inapelável, um granito sem circunstâncias, eterno e onipresente: *não matarás*. No mínimo, um ponto de partida razoável. Foi mesmo preciso escrever na pedra
este tabu? Será necessário repeti-lo sempre? Continuaremos
a esquecê-lo? Tão fácil: basta esgotar o poço da tolerância,
perder as mil paciências no mesmo instante. Este o crime da
paixão, o verdadeiro. As outras mortes, as pagas por dinheiro, idéias, fome, as de encomenda, as coletivas, estas têm outro maquinário. Ou será tudo a mesma Roda? Ou haverá me-
canismos diferentes, para casos diferentes? Ou cada um tem
seu crime particular, único, exclusivo, à espera? Mas, em
qualquer caso, não mataremos, não mataremos, não mataremos— é muito antigo isso. Ora, Pablo matou, e eu gosto dele.
Glorinha é burra.

— Ele está bem.

— Estou lendo a Bíblia — Pablo me disse. — Bem devagar,
porque eu nunca li nada. Tem palavras difíceis. E eu preciso
acompanhar a linha com o dedo. Às vezes fico cochichando
o que leio, para gravar melhor. Ouça: *O Senhor te ferirá com
loucura, com cegueira e com perturbação do espírito.*

Não é um Pablo derrotado que está diante de mim. Pelo
menos não é uma derrota semelhante à minha, a desespe-
rança angustiada de quem já perdeu o encantamento, mas
mesmo assim não quer se explicar, ou se defender, ou fazer
teatro. Porque tenho um sonho (e uma moral): o de não me
tornar outra pessoa porque a primeira não me agrada, ou
me dói, ou me faz sofrer; o de não inventar metafísica do
meu próprio arremedo; de chegar à paz na delícia soturna da
conta própria, ou pelo menos na ilusão caseira desta conta
própria, tão enraizadamente *do meu tamanho*. Meu sonho
é conviver com o meu medo, a minha mesquinharia, o meu
humor, a minha fúria e o meu ódio; dar a cada um deles o

seu tempo e o seu espaço, tais como eles são: inteiriços, aconchegantes, reservados — os meus elementos. Principalmente sem Deus. Meu sonho é conviver, feito irmão, com o meu caprichoso e perene sentimento de culpa.

Pablo balbuciava, o indicador perseguindo a linha:

— *Desposar-te-ás com uma mulher, porém outro homem dormirá com ela: edificarás casa, porém não morarás nela, plantarás vinha, porém não a desfrutarás.* Deute... Deuteronômio, vinte e oito.

O fracasso de Pablo é um fracasso iluminado. Desenterra-se das trevas do seu ponto final com brilho nos olhos; pela primeira vez, vejo-o vivendo a miragem de que está ensinando alguma coisa a alguém, mesmo quando este alguém é ele mesmo.

— O problema — ele me explica, com uma paciência simultaneamente orgulhosa e louca — é que eu não sabia.

Já não me ouve; já não pode me ouvir, sequer me ver. Um outro Pablo, mais lógico e infinitamente mais pobre renasce do primeiro, numa doce covardia. Glorinha, que não entende nada, sorri:

— Ele virou crente? — e acrescenta, quase um tom de mexerico: — Daqueles, que não bebem nem fumam?

Este livro foi composto na tipografia Slimbach, no corpo 10/14,5,
e impresso em papel off-white $90g/m^2$,
no Sistema Cameron da Divisão Gráfica da Distribuidora Record.